十二星座女孩
励志言情小说系列

要有多坚强，才敢念念不忘

我是狮子座女孩

左墨 著

I AM

A

LEO GIRL

How much courage

It will take to keep hurting love in mind

北京联合出版公司
Beijing United Publishing Co.,Ltd.

图书在版编目（CIP）数据

　　要有多坚强，才敢念念不忘：我是狮子座女孩 / 左墨著. --
北京：北京联合出版公司，2016.4
　　ISBN 978-7-5502-7160-9

　　Ⅰ. ①要… Ⅱ. ①左… Ⅲ. ①长篇小说－中国－当代
Ⅳ. ①I247.5

　　中国版本图书馆CIP数据核字 (2016) 第023252号

要有多坚强，才敢念念不忘：我是狮子座女孩

作　　者：左　墨
出版统筹：新华先锋
责任编辑：徐秀琴
特约编辑：黎　靖
封面设计：王　鑫
版式设计：王　玥

北京联合出版公司出版
（北京市西城区德外大街83号楼9层 100088）
北京雁林吉兆印刷有限公司印刷　新华书店经销
字数120千字　620毫米×889毫米　1/16　15印张
2016年5月第1版　2016年5月第1次印刷
ISBN 978-7-5502-7160-9
定价：36.00元

目录
contents

I AM A LEO GIRL

第一章 青玉案

最近又开始失眠了。

时间忽然变得特别的长，黑夜之中，唯有心跳和时钟的声音在一个频率上，急促而又缓慢。

青玉的脑袋里空空的，唯有跟着心跳，从一数到一百。翻来覆去，怎么也睡不着。

她恼怒地坐了起来，索性把台灯开着。或许，是这房子太黑暗、太冷清了吧，才导致最近她经常失眠。没有太多情绪，但有太多思绪。人一旦太清醒，就不得不想起那些让自己心痛的事情。

"'凌波不过横塘路，但目送，芳尘去。锦瑟华年谁与度？月台花榭，琐窗朱户，只有春知处。碧云冉冉蘅皋暮，彩笔新题断肠句。试问闲愁都几许？一川烟草，满城风絮，梅子黄时雨。'我既然叫凌铸，我女儿就取这首词的词牌名，青玉，阿玉，我的小阿玉，这个名字喜欢吗？"

那样温润如玉的男子，轻吟这首词的时候，该是怎样的风度翩翩。可惜时光不能倒回到 23 年前，不能回到凌青玉出生的那个春天。要不然一定要看看这个男人，抱着刚出生的她，轻吟这首《青玉案》，给她取名字的样子。

这是父亲去世的第二年，青玉不敢回忆，甚至不敢回到她生活了十几年的地方，怕一不小心就陷入回忆之中，难以自拔。所以快要结束实习的她，没有听从舅舅的话，回家乡工作，而是固执地留在了 A 市。

不敢回忆，偏又常常想起，可惜想念，通常是没有结果的。

父亲已经永远不可能再站在自己面前了。可人还是会固执地回忆，回忆自己脑海中有关他的一切。很多故事纠缠在一起，越是拉扯就越是很难解开，越是很难解开，越是睡不着。

凌青玉睁着眼睛，看着黑暗中格外闪亮的灯光，听着自己的心跳，眼睛渐渐湿润了。

实习期已经结束，明天就要摆脱大学生的身份，正式进入社会了。从这一刻起，在心理上，她也将真正成为一个独立的成年人了。

她低头轻叹，她的父亲，会不会以她为傲？或许，她的父亲已经转世为人了。那样的谦谦君子，不知道又得迷倒多少女生。

凌青玉逼着自己把眼泪咽下去，啪地关掉台灯。许是哭过的原因，她竟然有点昏昏沉沉，渐渐进入了梦乡。

"青玉——青玉——快点，凌老师……他掉到山崖下面了……你快点过来，在B市人民医院……在抢救……"

"阿玉，待你穿上婚纱的时候，我就牵着你的手，把我的宝贝交给爱你的人。阿玉……"

凌青玉迷迷糊糊地"嗯"了一声，挣扎着想爬起来看看深爱她的父亲，身体却仿佛灌了铅似的，动弹不得。她在黑暗中似睡似醒，就这样吧，反正只是梦。

在青玉眼里，父亲是个英雄，为了救别人牺牲了自己。而父亲往昔的疼爱，让她难以接受这个事实。

不知道过了多久，手机铃声响起，"就让我们彼此都可以好好过……"歌词唱到了第二遍，凌青玉才懒洋洋地摸索到手机，果然是杜若。这死丫头，大概是怕我赖床，错过面试的时间，一大早就把催魂夺命铃打过来了，她想着。

凌青玉按下接听键，还未说话，那边就传来杜若的大嗓门儿："凌青玉同学，你今天面试的衣服准备好了没有？别又是休闲服、牛仔裤。你知道，天辰公司可是很在乎面试人的仪容啊，你快点起来，赶紧打扮一下……"

　　凌青玉对人一向保持距离感，不近不远，不亲不疏，唯有对杜若不一样。事实上，她们无论从身份、地位、性格、趣味中的任何一个方面来说，都相差颇远。

　　她还记得当时她们第一次相见，正是大学入学的第一天。杜大小姐穿着破破的牛仔裤，脖子上挂着相机，从一辆保时捷上慢悠悠地下来，脸上似笑非笑，悠悠地望着周围的人群。后面还跟着两男一女，女的衣着靓丽，男的西服笔挺，却都提着行李，神态恭谨，像是她的保姆、司机或保镖。不知道的人莫名其妙，看不出这个一脸散漫、似贵不贵的美女是何来头，知道的人便指指点点、议论纷纷，杜大小姐报到来了。

　　杜大小姐天马行空，我行我素。

　　在学校，杜大小姐自然是众人瞩目的，长得漂亮就不用说了，哪个新生报到时是她这个架势？可是能让杜大小姐瞩目的人就太少了，也是，什么人能入得了杜大小姐的法眼呢？据"路边社"报道，杜大小姐在A市可是白富美中的白富美。

　　什么人能和杜大小姐玩到一起呢？杜若的朋友太少，但不是说没有，如果说杜大小姐在大学这几年还有死党加闺密的话，那么便只有凌青玉一个了。

　　还记得两人初次打交道，各自介绍名字的时候，凌青玉一下子就看出了杜若名字的来源："'山中人兮芳杜若，饮石泉兮荫松柏'，好好听的名字，你的名字是取自《楚辞》吧！"当时可是吓了杜若一跳，她后来还开玩笑说："凌青玉，你真的不是从宋朝穿越过来的李清照？"

　　凌青玉也曾问过杜若，为何千万人中偏偏是我，没想到杜大小姐说："早在进校门的时候，我就远远看到一个穿着白色衣裙的女子，走起路来像是跳舞一般轻盈优雅。九月的阳光温暖明亮，那时候无忧无虑的凌青玉恰如一朵午后的睡莲，娇艳而不妖娆。"

　　凌青玉娇嗔地打了她一下："讨厌，别把肉麻当有趣好不好？"

　　不过，有一个美女夸赞自己的容貌，是女孩子都会开心的。

　　电话那头的咆哮声打断了凌青玉的遐想："你是不是又神游了，大小姐？你到底听没听到我说的话……"看来杜若已经有些生气了。

　　"啊？"青玉对着电话愣了愣神。杜若在电话那边又气又笑："你还是快点换上美艳的正装，和我去面试，如果你不换，我估摸着，我也就15分钟后就到你家了，到时候，我可要亲自帮你化妆。"

　　"啊？不需要吧？"凌青玉头大了一圈。

　　"啊什么啊？对了，今天帮你看了一下，狮子座的运程是今日有桃花运。哈哈！"

　　"无聊！我相信，狮子座的女生就算今天有桃花，被你这个巫婆一掺和，也得败了。"

　　"你不信就算了。就这样，你快点起来，我到的时候，你还没起，你就完蛋了。"

　　电话那边传来嘟嘟的声音。想到杜若马上就来了，青玉立马掀开被子，下了床，往卫生间冲去。再不洗澡，回头杜若来了，又要挨骂了。

第二章 众里寻他千百度

凌青玉看着镜子里的自己，洁白的面容，淡淡的眉毛，挺秀的鼻梁，最满意的就数眼睛了，虽不很大却格外清澈水润，睫毛长而弯，完全是自然生成。可惜由于近来失眠的原因，顶着很深的黑眼圈。她叹了口气，每个人都很清楚面试中第一印象的重要性，就这黑眼圈，不用说，印象分肯定大打折扣。 .

凌青玉正想着怎么弥补，外面传来开门的声音，还伴着杜若高分贝的叫嚷。

"凌青玉，你还没有拾掇好吗？"

没办法，自从青玉上一次因为胃疼晕倒在出租屋里面，被隔壁房东发觉之后，杜若就理直气壮地要了备用的钥匙。用杜若当时的话来说："万一你死在里面，我也可以为美女收尸。"

青玉还没来得及回答杜若的话，卫生间的门就被杜若踹开了。

杜若一脸愤怒，一只手叉在腰间，一只手指着青玉，恨铁不成钢地说道："凌青玉，你是属乌龟的吗？"

青玉无辜地看着杜若那抖动的手指头，心想：完了，杜小姐这次真的生气了。她便一个箭步跨上前，双手握住杜若那指着她爆粗口的手，讨好地说道："我的大小姐啊，正是我知道，你肯定比我快，肯定会来帮着我这只乌龟，所以小女子才敢如此慢的啊！"

杜若看着青玉乖巧讨好的样子，慢悠悠地把手从青玉的手中抽出，不耐烦地说道："你就是一个慢性子，做什么都慢吞吞的。"

青玉无可奈何地看着杜若，这都是失眠惹的祸啊！

杜若看到青玉那对鲜明的黑眼圈，白了青玉一眼，转身就走出了卫生间。

看着她依旧从容优雅的背影，青玉想起一句话："自古唯小人与杜若难养也！"

青玉耸了耸肩，无奈地跟着杜若的脚步，走出卫生间。

青玉默默地感受着杜若忙来忙去的样子，在杜若的神笔下，自己一会儿定然是大变样，成为一个大美女。

杜若眼睛里闪烁着亮光，轻快地说道："你自己看看吧！不要太崇拜我哦！"

镜子里面的女子，一头波浪般的秀发带有点成熟的味道，如月的凤眼，一双眼眸深邃不见任何情绪，似有空灵的魅力，挺秀的鼻梁，香腮微晕，吐气如兰的樱唇，鹅蛋脸颊甚是美艳。吹弹可破的肌肤如霜如雪，身姿纤弱，一如出水的洛神，一袭淡粉色的长裙，像是夏日里的荷花仙子，素雅但不失庄重。

"不错，不错，杜小姐素手一出，就是丑女、无颜女，也得变成花仙子啊！"青玉边看镜子边说道。

杜若摇了摇头，啧啧地说："我看你心里可不是这样想的，你一定在想你自己明明是素颜美女，经我手一过，便成了俗气！"

看着杜小姐翘起的兰花指，青玉心里像开了花一样开心。

于是，青玉带着简历，坐上了杜若的车，豪车在拥挤的街道上奔驰着。也许，是因为在寄出二十一份履历后，居然得到天辰集团的面试资格，所以青玉不自觉地有点开心。

杜若把青玉送到天辰集团的门口，便开车离开了。

青玉仰头看着眼前这栋三十层的高楼，以及四周围绕这栋高楼而建的其他楼层，再看着不断从高楼里面进进出出的人潮。她心里开始打鼓，这样的大集团会接纳她这样没经验的毕业生吗？

　　青玉看着来面试的人群，真可谓人山人海。她四下转了一圈，来应聘的人学历都至少是研究生，看了看自己的本科证书，她不禁心下有些黯然。

　　夏日的温度依旧那么高，这么多面试人员的房间里，即便空调在那不懈地工作，也不能让青玉在这憋闷的室内感到一丝清凉。

　　青玉来了都将近一个小时了，前面的队伍似乎还没有动的迹象。看着自己手里拿到的面试号，她只能无奈地等待着。

　　周围的人不是紧张地讨论面试会出什么题目，而是在谈论天辰集团的宸太子和衡少。虽然青玉刚从大学走向社会，不过还是在报刊上看过这两个风云人物。想到这里，青玉不自觉地想起杜若出门那信誓旦旦的样子。

　　看着近一小时都没有动的队伍，青玉决定还是先去喝点东西，休息一下，补充一下能量。出了等候厅，青玉四处看了一下，附近没有什么咖啡厅、茶厅。青玉心想，反正都出来了，也不会那么快轮到她，还是借这个机会四处转转，也算来了一趟天辰，换作平时，连进大门都不是那么容易的吧。

　　青玉左右一看，前面一座大厦的二楼有一个休息的标志，按照道理应该有咖啡厅。现在是上班时间，人很少，这种休息处一般只是卖一些茶水和点心，价格也是昂贵得离谱，但是眼下也没有更好的去处了。

　　青玉走了过去，用视线搜寻到一个可以从玻璃窗看到对面面试大厦的最佳位置。正走着，远远地迎过来一个男人，烟灰色的西服，剪裁简单，可是却很合身。那人有着少年人的秀气，又有成熟男子的冷静。两种不一样的感觉融合在一起，偏生出一种让人舒服却很独特的感觉。青玉的心，突然跳得很快。

　　看着他那张侧脸，让青玉偏生出一种"众里寻他千百度，蓦然回首，这人就在面前"的感觉。

　　他从青玉身边走过，眼角的余光瞥见一个人正愣愣地望着他，也没言语，只是眼神里露出不耐烦的神情，冷冷地哼了一声。

　　冰冷的声音，加上那不耐烦的眼神，一下子把青玉的神都拉了回来。青玉没想到，自己居然也有被人当作花痴的时候。也不知道哪里来的火气，青玉一转身就拉住了他的胳膊。他很不耐烦地甩开她的手，但语气却很有礼貌地询问："小姐，请问您有什么事情吗？"

如果不是他那眼神里含有陌生甚至不屑的色彩，还真的会让人以为他是一个温文尔雅的绅士。

青玉用强硬的语气说道："多看你一眼又不会掉块肉，这么不礼貌，白瞎了你这副长相。"

"如果小姐觉得我长得好看影响了你的注意力，那我感到非常抱歉，不过也麻烦你，不要再看我。"

说罢，这个可恶的男人看都不看她一眼，就径直离开了。

青玉哼了一声，在心里暗暗发誓，不能看见帅的人就多看几眼，这是个坏毛病，得治。她又在心里默默地安慰自己，没必要和这种男人斤斤计较。

她用一甩头发，向刚才看好的位子走去。刚坐下，还没来得及欣赏外面的风景，一个很有磁性的声音就传了过来。

"小姐，我能坐在这里吗？"

青玉循着声音看过去，见到了一个穿着严肃职业西装，笑起来很温暖的帅哥。她活了这么多年，今天竟然一下子见到两个不同的帅哥，不，确切地说这个应该是美男子。难怪刚才面试厅那么多人谈论天辰集团的帅哥，原来真的是有帅哥的！

美男子修长的手，在青玉眼前晃了晃，他和气地说："这位小姐，我坐在这里方便吗？"

青玉又在心里默默地鄙视了她自己一下，暗暗发誓，回去一定认真检讨。青玉不好意思地嗯了一声，就侧过头看向窗外。

"您刚才声音太小，我没注意听，可以重复一下吗？"

"可以，当然可以。"青玉回过头，莞尔一笑道。

杜若说，青玉笑不露齿的样子，最迷人。青玉也不知道为何，在这个美男子面前，自己居然露出这般模样。

显然，美男子看到青玉笑的样子，也是愣了一下，然后愉快地说道："你口中的可以，是可以重复刚才说过的话，还是，我可以坐这个位置？"

青玉迎上他的眼神，不得不说，这人真是男人中的极品。

她用前所未有的认真，肯定地说道："当然是可以坐在这儿！"

"谢谢！"美男子道了谢，就直接坐下来了。

第三章　红线，红线，谁乱系红线

灵青玉看着那张棱角分明，散发着高贵典雅气质的脸，心里莫名地涌起一股暖流，谁说男人才是看脸的动物，她觉得她自己就是一个大色女。她又在心里默默地鄙视了自己一番。

这个男人微微一笑。看着他那双熠熠闪光的眼睛，她感觉自己快陷入他的眼睛里面去了。有一个地方很美，就是对方眼里属于自己的倒影。青玉从来没想过，在他的眼睛里，能看到最美的自己。

这时候，他突然把脸凑过来，青玉看着离她越来越近的脸，心跳得飞快，就像迷路的小鹿，跌跌撞撞，茫然失措。

"小姐，我脸上有什么脏东西吗？"他无辜地看着青玉，温柔地问道。

听到他的声音，青玉就像被雷劈了一样。天啊！凌青玉，你真丢人，都丢到姥姥家了。

她慌乱地移开眼神，把头低下，很不好意思地解释道："不是先生脸上有东西，而是我突然想到一句话，想来非常适合先生。"

"哈哈，什么话？能告诉我吗？我还以为，我的脸很好看，以致这么一个大美女都失神了，看来回家还要养养颜啊。"

一个大男人面露孩子气的时候，居然也不是那么讨人厌，他的幽默反而化解了尴尬。

青玉微笑着说："那句话就是'风流倜傥，貌似潘安'。"

美男子手托着下巴，认真地盯着她："我真的貌似潘安？"

"难道先生对自己的长相存在怀疑？"

"那倒不是，只是觉得，我应该比潘安更帅气！"美男子语气中含有浓浓的遗憾，让人听着，竟然会觉得他说的是对的，比潘安帅气应该也是正常的。

青玉扑哧一笑，淡然地说道："先生是长的美，不是帅气。"

"啊？美可不能形容男子，这样就成人妖了！"美男子不由地打趣道。

"噢，原来是美男啊！"青玉看到他那样平易近人，不禁开起玩笑来。

"还不知小姐叫什么名字，可以告诉我吗？"他微微点头，诚恳地说。

青玉心想，怎么可以随便告诉你，故意说道："那么请先生先告诉我，你叫什么名字？"

他突然从座位上站起来，伸出手来，微笑道："是我唐突了。请允许我自我介绍，我叫杜衡，天辰公司都喊我衡少。"

青玉被他的话给镇住了，难道他就是年少有为的杜衡？青玉看向他的眼睛，他的眼神很坚定。

青玉也赶忙站了起来，握紧他的手，很认真地说："我是凌青玉，很高兴认识你。"

看着他的眼神，青玉心底竟莫名地浮现了一个人的影子，那个不太绅士的坏家伙。

看着微微发愣的青玉，杜衡微笑着小声地询问道："你不是这儿的员工，难道是来面试的？"

青玉猛然回过神来，尴尬地应了一声。

他仔细看了看她，没有再说什么，就坐了下来。

青玉也随之坐下。突然之间就没有了话题，青玉看向窗外，杜衡则拿起桌上提供的报纸，认真地阅读起来。青玉看着楼下来来往往的人群，内心越发坚定，一定要面试成功，留在这个集团。

她回过神来，发现面前有一杯冒着热气的牛奶。青玉吃惊地看向杜衡，杜衡把头从报纸中抬起，很温暖地说了句："我帮你点的，天气热，也得喝热牛奶，暖胃。"

青玉点了点头，道了声谢。她回想起来隐隐约约中，似乎有侍者来问要点什么。青玉记得她自己没有回答，倒是杜衡替她说了句，热牛奶。

她慢慢喝下牛奶，暖和的奶香味，弥漫在齿间。抬起手腕一看，时间也差不多了。青玉按了一下桌上提供的服务按钮，准备等侍者然后结算这杯热牛奶的钱。

一直认真看报纸的男人，优雅地折起报纸，端起咖啡，浅浅喝了一口，似乎也在等着侍者过来。

侍者很客气地询问青玉和衡少还需要什么服务。

"埋单。"没想到他们同时开口。

侍者一脸惊讶，看了看青玉，又转头看向衡少。青玉淡淡笑了笑，淡然地说："我们不是一起的，各结各的。"

衡少显然没有什么异议，只是点点头。

青玉慢慢站起来，拿起自己的包，笑着对杜衡说："杜先生，我得去面试了，有缘再见。"

杜衡看了一眼青玉，点了点头。

青玉转身向外走去，杜衡看着青玉的背影，缓缓地站了起来，转身向窗外看去。他从口袋中掏出手机，那修长的手指在手机屏幕上跳跃着。

"我，杜衡，面试人当中，凌青玉，由我亲自面试。"

"好，我立刻安排。"

电话挂断之后，杜衡那眉目分明的脸，慢慢出现一丝势在必得的表情。然后，他转身大步向外走去。

面试等候室里，青玉来回搓着双手，她一紧张就会不自主地搓着双手，来缓解自己的情绪。等候室的门被打开，走进一个穿着正装，盘着发的小姑娘。

"39号，凌青玉。"

"在。"

来的人看着青玉激动的样子，笑了笑，说："请到隔壁进行面试。"

青玉很客气地说："谢谢！"

刚走出等候室，青玉就开始盘算，面试遇到面试官有意刁难的问题该从什么角度回答最好。她敲了敲门，等到面试官同意，青玉快速走向里面。进去后青玉吓了一跳，面试官坐在四周，一共8个人，他们每两个人一组，隔得很远。但是他们坐得很有规律，在中间留了一块空闲的地方，应该是留给来面试的人。只是这样都不知道看着谁、背对着谁。

青玉快速扫描了一下这八个人，按照他们坐的位置，显然很难分清楚，谁的职位更高一点，青玉头脑里盘算着，脚步也慢了下来。这八个人，按气场分，职位最高的应该是那个面无表情的女人，她身上有股不可忽视的气息。青玉先是向这八个人问好，然后面向她认定的女人。看到这个女人从刚才面无表情到不动声色地露出一丝赞许，青玉更加肯定自己的判断。

先是简单介绍了一下自己，那个女人首先开口了："你确定要做公关？"

青玉很认真地回答："嗯，我确定。"

那个女人拿着简历看了又看，然后看向青玉，说道："你先制订一个有关酒店的研讨会方案，限时半小时，我要看一个简单的构思，主要是创新。"

青玉面露惊讶，只有半小时，这是故意刁难吧！虽然明知如此，青玉还是选择全力以赴。只是没想到，提供的电脑和桌子居然在这八个人的中间，这分明是给了应聘者巨大的压力。试想八个人的目光聚集在一个人身上，面试者需要多大的心理承受能力！

在强大的视线压力下，青玉深呼吸后，便开始忙碌起来。青玉是地地道道的中文系高才生，她的父亲更是大学中文系的名教授，在语言文字功底上，青玉那是有较高水平的。青玉认真地敲打着键盘，耳边传来开门声，青玉连头都没抬，专心致志地沉浸在自己的创作中。

"怎么回事儿，上班总迟到，还有理由站在这儿，趁早辞职走人！"

青玉闻声抬起头，看到一个满脸是汗的中年男人，工作服穿得略微凌乱，想来是匆忙中没有整理好衣服，明显能看出有些慌张。

"领导，我儿子这几天做脑膜炎手术，已经躺在病床上了，我不能按时来上班，是我不对，不要辞退我……我会努力工作的……"说到这儿，男子的眼神逐渐黯淡下来。

青玉内心一颤，她记得自己看过一篇文章，题目就是面试，由专门的人来试探员工在工作的时候会不会分心。

眼前的场景几乎和自己看到的文章如出一辙，青玉本来也是不想管的。但是作为公司的高管，这样的批评实在有些过分，作为狮子座女生，青玉的火气一下子上来了。

这不就摆明是考验吗？看着眼前老实巴交的汉子，青玉恍惚间竟想到了自己的父亲，这汉子也是一样的年纪，如自己的父亲爱自己一样地爱他的孩子。而眼前的这个人低着头听领导训斥，连大气都不敢出一下，青玉的心不由得愈加难受起来。

狮子座的女生，通常理智大于感性，偏偏青玉又是文科出身，天生就有一种诗人的情怀，如何忍受得了他们让这个和自己父亲年纪相仿的人受委屈。

"够了！"凌青玉突然发飙，猛地关上电脑，顾不上身边的人如何看待自己，径直朝两人走去。

"员工有难处，作为领导应该帮忙，不是吗？这样的训斥已经足够了，还要被开除，难道你们没有人性吗？"凌青玉也不知道自己说了些什么，但是说完，感觉自己舒服多了，换来的却是周围的一群人奇怪的目光，估计所有人都会认为，自己不应该多管闲事吧。

然而，这还不是最雷人的。一转身，凌青玉竟然掏出自己包里仅有的三百块钱，只给自己留了十几块的零钱，递到了男人手上。

"照顾好孩子，我只有这么多。"凌青玉说到这儿，又想起了自己的父亲，这个男人的孩子有父亲的疼爱，而自己呢，却是永远都不会再有了。

凌青玉知道经过这一段，自己恐怕是难以被录用了，决定起身离开。

还未出门，迎面走来一个男人——杜衡！

　　青玉不好意思地看向杜衡，他脸上依旧如春风一般温暖。青玉从他的眼神里读出了赞许，对，没有看错，是赞许！

　　杜衡从她身边走过，冷冷地对那八个人说："我决定了，录用凌青玉。"

　　青玉听到这个声音，不敢置信地转身看向杜衡。杜衡的手插在裤子的口袋里，一副认真的样子，不像是在说笑。

　　坐着的八个人，慌乱地站了起来。

　　"衡少，请考虑清楚，这是宸太子定的规矩，轻易破坏，您……您看？"那个女人小心翼翼地试探着。

　　"我觉得她说得没错，宸太子那边，交给我负责。就这样！"说罢他便走向凌青玉。青玉看着他向自己走过来，内心说不出是什么滋味。

　　"杜先生，我知道自己不符合贵公司的要求，您无须破格录用我，更何况，我们仅仅只有一面之缘。"青玉态度坚决地说。

　　青玉很好强，这大抵是所有狮子座的女人都有的特征吧！青玉在这一点上尤其明显，她是很在乎这份工作，但更在乎凭借自己的能力获得这份工作。

　　杜衡看着青玉脸上那份与众不同的倔强，沉静地说："我看到了你刚才的表现，我很欣赏也非常喜欢，并且我认为你的观点和我很像，适合做公关。仅此而已。"她看着他，恭敬地说："那就谢谢杜先生了。"

第四章　我很快乐

衡少踱步到青玉的左侧，诚恳地说："我送你回去，权当对你刚才那些话做一个奖励。"

青玉觉得衡少的声音就像家乡那海螺里的潮声，浅浅的，却重重地敲在心头。她觉得，能留下来工作固然很好，但有人能够跟他站在同样的角度去思考问题，才是最大的收获。

"那就太谢谢您了。"青玉一扫刚才的愤怒，爽快地答应了杜衡。

面试厅里的八个人，看着他们离开的背影，齐齐舒了一口气。还好衡少没有责罚他们，这个叫凌青玉的女人看来很受衡少的重视！

青玉和杜衡一前一后地走着，青玉低着头，一直思量着如何开口问杜衡，为什么为了刚认识的自己，不惜破坏宸太子的规定。杜衡倒是很有雅兴，走几步就故意停下来等青玉。本以为青玉能并肩一起走，可是杜衡停下来，青玉却放慢了脚步，基本是在原地踏步。

去地下停车场的路，何其短，却足足走了大半个小时。其间两人都没有多交流，就在反反复复、走走停停中，结束了这段路程。

到了停车场，杜衡和青玉向东南方向走去。青玉远远就看到了一辆劳斯莱斯幻影加长版的豪车，那一霎，青玉觉得她和杜衡是有距离的。她暗暗在心里提醒自己，要保持距离。

杜衡很绅士地把车门打开。青玉看着杜衡，竟有那么一刹那，以为他是英俊的王子，自己是被邀请的公主。可是，青玉只顿了一秒钟，就彻底放弃了做公主的梦。最狗血的童话故事，即便是灰姑娘——辛德瑞拉也要南瓜车、公主裙、水晶鞋、美丽的首饰，还必须道具齐全，会跳舞，才能让王子留意到自己，然后再玩个消失，让王子念念不忘。这样美好的童话都充满了虚华，知道外在条件的重要，更何况是当今的社会？

青玉很现实，就在这一瞬间，青玉就在自己心上加了把锁，告诫自己，离杜衡远点。她不想让自己陷入物质的世界。

都说狮子座的女人，不易征服，看来确实如此。

车在高速上奔驰的时候，青玉突然想起，她似乎还没有告诉杜衡，住的地方在哪里。可是看着前进的方向，绝对是正确的。她吃惊地看向杜衡，问道"你怎么知道我住址的方向？"

杜衡看到青玉吃惊的表情，哈哈大笑起来："我还以为，到你家你才会有这样的反应。"

听着他嗤笑的声音，青玉也不生气，反问道："你不觉得应该给点解释吗？"

他摇了摇头，叹气道："我真的怀疑我招进来的丫头是不是后知后觉。我既然能决定力排众议录用你，自然要对你的资料多加留意。"

听到他的解释，青玉心里又有一股莫名的暖流。他居然如此细心，那么自己简历上的内容他应该都知道。或许真的像杜若说的那样，她今天真的有桃花运。

想到杜若，青玉觉得，这世间真的很巧，杜衡和杜若，好相似的名字。

"你认识杜若吗？"青玉好奇地询问，其实心里有点小担心。这不会是刻意安排的吧。

"难道我该认识所有姓杜的？"他朝向青玉这边，挑着眉毛说道。

"不是，我有一个好闺密，叫杜若。杜衡和杜若都是一种植物，我只是好奇，名字如此相近，你们是不是认识？"

"不是所有的事情都是真实的，也不是所有的事情都是虚假的。终究有一天，你会明白。"

车里面泛着淡淡的清香，有点像荷花香味。听着车里面轻缓的音乐，或许是最近睡眠太差，青玉的眼皮在打架，她强迫自己，不能睡。虽然知道面前这个男人不会伤害她，可是心里终究还是有一道防线。别人进不来，她自己也出不去。

杜衡眼睛一直盯着前方的路，她看着他那紧闭的双唇，鼻梁高高挺立，从侧面看过去，阳光打在他的脸上，他看起来像是古堡里的王子一样高贵。可惜，青玉不是公主，更可惜的是，青玉是不会成为灰姑娘的狮子座女生。

车往左转，拐进青玉住的小区。

他们看到了不远处一抹嫣红的身影，妖艳中带着冷清。

杜大小姐时刻都是如此鲜亮、整齐。车缓缓地停下，杜若左顾右盼，青玉生怕她会大惊小怪的，连谢谢都没来得及说，便松了安全带，推开车门就往下冲。杜衡一把拽住她的胳膊，无奈地说道："能别这么着急吗？我还有话要说。"

青玉回过头，看着杜衡的脸，无辜地说道："站在门口的就是我说的杜若，我只是想告诉她，我回来了。"

"喂，我说，你是谁啊？干吗拉着我家的青玉啊？"听到这个不满的声音，便知道，大小姐肯定看到刚刚的一幕了。

青玉冲着杜若尴尬地笑了笑，然后看向杜衡，看向他的手。杜衡松开她的手，解开安全带，干净利索地打开车门，向杜若走去。青玉赶紧下车跟上。

杜若就是青玉的管家婆！因为杜若说过，狮子座的女人，都是要强的人，但遇到真爱就会放弃一切，所以会很容易受伤。但凡是个男人，无论俊丑，无论贫穷还是富有，只要是站在青玉身边，哪怕只是普通同学，杜若都会充满敌意。

但偏偏她们的关系就是那么亲密，亲密到像组成埃及金字塔的石头一般，最薄的刀片对着缝隙都插不进去。

"你好，我叫杜衡，是凌小姐的直属上司。听青玉说你叫杜若，很高兴认识你。"杜衡伸出右手很礼貌地等杜若回握。

　　可是杜若完全忽视了杜衡的话，像没有看到杜衡那白皙有劲的右手一样。青玉赶忙上前一步，伸出右手，紧握住杜衡的手。

　　碰到杜衡的手，青玉觉得他的手有点凉但他的手心却是潮湿的。青玉微微一笑，带着歉意看着杜衡，很诚恳地说："实在不好意思，我朋友不习惯和别人握手。"

　　说完青玉还狠狠瞪了杜若一眼。眼神包含了浓浓的警告意味，示意杜若见好就收。杜若才不情愿地微微低头，算是打过招呼了。

　　"谢谢先生送青玉回来。"杜若这句话却是很有诚意的。

　　"凌青玉，明天早上9点请穿正装到公司公关部找我。D栋，10层，我会先安排你先进入长达一个月的试用期，就这样，明天见。"杜衡松开青玉的手，不冷不淡地说道，然后便转身离开了。

　　看着他的车开出小区，青玉心里有点失落。

　　杜若推了青玉一把，她才回过神，意识到自己失态了。青玉都感觉脸上热乎乎的。

　　"没想到，凌小姐害羞的样子也很动人。"杜若学着杜衡的口气缓缓地说。

　　"你啊！故意取笑我。还不是你，刚才他说他是我的直属上司，你还那么没礼貌！还没找你算账，你还取笑我？。"青玉恶狠狠地看着杜若。

　　杜若捧着肚子哈哈大笑起来，肆意地说道："难道你不该谢谢我？我是在衬托你的心灵美。"

　　青玉瞧着杜若笑得快成为一颗裂口的开心果，既好气又好笑，伸出手就去推杜若，希望赶快上楼，不然小区的人都会八卦这件事情了。

　　杜若一侧身，再来一个360度大转弯，逃离了她的魔掌。青玉立刻倾身向前，杜若也不甘示弱地凑过来。青玉瞧着杜若铁了心要在下面周旋。

　　"我的好杜若，您要我答应什么，才肯移驾去寝宫啊？"青玉双手合十，俏皮地逗着杜若。

　　其实青玉是不乐意这么大了还卖萌，可对付杜若，就得来这一招。

　　杜若眼睛瞪得大大的，难得青玉露出小女人的姿态。杜若吃惊的样子真难看，嘴巴都可以塞进两个鸡蛋。

　　这都让青玉怀疑她这个年纪再卖萌是不是特别可耻，索性肩膀一松，无奈道地说道："算了，看来我还是不适合卖萌啊！"

　　杜若突然一把抱住青玉，兴奋地喊道："不，不，适合，适合，有变化啊！"

　　青玉愕然道："变了？变丑了，还是漂亮了？"

　　"变了，变了，变得像人了。哈哈哈哈哈哈。"

　　青玉当时觉得头顶飞过无数只乌鸦，就该知道，杜大小姐怎么可能夸人嘛！

　　于是青玉推开笑得颤动不止的杜若，没好气地说："我不是人，你和不是人的人做朋友，不是更不是人？"

　　"哈哈哈，管你是不是人，你总得请我吃饭吧？"杜若手叉在腰间，嘴巴一闭一合，煞是好看。

　　青玉拍掉她叉在腰上的手，摇了摇头，叹息道："大小姐，不会又是让我做麻辣香锅吧？"

　　杜若飞快地点了点头。终于知道，在麻辣香锅面前，大小姐永远不含糊。美食面前，绝对点头。青玉白了她一眼，就转身向楼道走去。

　　"干什么去啊？应该去超市啊？喂，你别跑啊！"

　　青玉听着杜大小姐的叫声，跑得更凶了。青玉心想：这丫头，摆明想让我穿着裙子，去菜市场。连头都没敢回，就一个劲儿地爬楼梯。青玉跑到家门口，发现门没有锁，推开一看，杜若都已经坐在沙发上，狡猾地盯着她。青玉嘴巴一抽搐，她倒是忘记了，可以乘电梯。

　　杜若站起来，笑嘻嘻地道："我就知道你肯定会换了衣服再去买菜，我都帮你把衣服准备好了，你快换。我就不换了，万一在菜场遇见一个帅哥呢，我得时刻保持优雅的样子。"

　　青玉抱着衣服就进卧室了，心想这丫头，时刻忘不了勾搭帅哥。不过，青玉头脑里面居然出现了那个多看一眼就是错的男人。她都被自己吓到了，不该是杜衡吗？

她甩了甩头，暗自想到，那样的男人，倒是挺适合杜若的。回头得和杜若说说，说不定，还能成功地把杜大小姐嫁出去。边换衣服边这样想着。对着镜子一看，青玉的脸上居然出现了花痴一样的笑容。

天啊！真的是中毒了。不过就算中毒，也该是很快乐。

青玉一边哼着小曲，一边走出卧室。可是杜若怎么不见了？她大声喊着："杜若，你在哪里啊？出来啊！"

青玉把客厅能躲的地方都找了一遍，就是没有找到杜若，就一屁股坐到沙发上去了。他看到茶几上的手机，拨了杜若的号码。

"嘟嘟嘟……"

"喂，杜若，你在哪里啊？"

"我刚想告诉你来着，你去买点菜，做香锅给我吃。我要培根多一点啊，要很辣的那种。"

"能不能先告诉我，你去哪里了？"青玉着急地问着。

话筒那边顿了一下，轻松欢快的声音传了过来："凌大小姐，今天你找到工作，肯定要和你庆祝，刚才接了电话，顾北惜告诉我，青年路上有一家很好吃的甜品店，我正赶过去，马上就回来，就这样啊，拜拜。"

"嘟嘟嘟……"

吃货总是抵制不了美食的诱惑啊！

第五章　流言

　　青玉穿着休闲服，穿梭在嘈杂的菜场中。这个菜场很忙，里面的人也很热情。经常去买菜的几家，基本都认识她了，每次去都会很热闹地跟她打招呼。

　　记得杜若第一次跟过来，就惊叹道："凌青玉，你是菜场的小公主啊？怎么好多人都认识你啊？"

　　"青玉啊，今天买什么菜啊？大妈这里有一批质量特棒的金针菇，算你便宜点。"一个胖乎乎的大妈说道，菜场的人都喊她张妈。看着她那慈祥的眼神，青玉突然觉得鼻子酸酸的。

　　"傻丫头，是不是想家了啊？快到张妈这里来。"张妈赶忙从柜台里面走出来，拉着青玉的手，亲切地问道。

　　看着张妈，青玉心里涌起一种莫名的感动。

　　青玉挽着张妈的手，撒娇道："张妈，今天可得多给点香菇、金针菇给我。"张妈捏了捏她的鼻子，宠溺地说："怎么像只可爱的兔子，就爱吃蘑菇。"

　　青玉心里嘀咕，可不是我这只兔子，真正的兔子还在为甜品奔波着。

　　和张妈闲聊几句，青玉又买了一些肉食还有香锅的配料。

　　其实，下厨也是一件幸福的事情。能为自己的亲人或者自己爱的人准备饭菜，看着他们幸福地吃下去，也许，这才是真正的简简单单的幸福。

　　青玉在想，难怪妈妈以前最喜欢做菜了。想到这里，青玉突然想回家了。她心情有点低落，低着头，踱着步子，艰难地在吵闹的人群里面走走停停。

人生最悲的是有了电梯，却在你想乘坐的时候，突然坏了，需要维修。更惨的是，你还拎着一大堆东西。

青玉从一楼开始，每踏一个台阶就骂一句杜若。费了九牛二虎之力到了家，还没来得及喘口气，电话就响了。

"凌青玉，赶紧给老娘下来，破电梯坏了，东西太多！"

"大小姐，自己上来，权当瘦腿！"

"我可是买了好吃的甜品，还有麻辣小龙虾，还有啤酒，还有……"

"得了，冲着小龙虾，我也得跑一趟。你在一楼等我。"

挂掉电话，青玉就往下冲，原来她自己也是在美食面前，绝对妥协的吃货。多跑了一趟，原来不觉得住高层有什么不好，这下子，真的得考虑搬家的事情了。

等到了客厅，青玉直接打开小龙虾的包装，哇，好香啊！口水都流下来了。

杜若不慌不慢地说："凌厨师，我的香锅去哪里了？"

青玉看着杜若那赤裸裸威胁的眼神，哼了哼，起身去了厨房。

她和杜若的关系亲密得如同亲人一样，不需要谢谢，不需要顾虑，自然而然的相处，成了一种习惯。在这样的城市，就像多了一个知己。杜若不喜欢进厨房，所以一般青玉也不会让她来打下手。只是希望有一天，杜若遇见一个能让她愿意下厨的人，体会烹饪的乐趣。

有时候，青玉想想，自己就像老妈子，总是操心这儿，操心那儿的。

"青玉，你妈妈来电话了。"杜若扯着嗓子叫着。

"帮我接一下。我把手洗一下就来。"

"别，你还是做你的菜，我陪阿姨聊着。"

"也好。"

不知道妈妈和杜若聊了什么，只听到杜若说着说着就笑起来了。有时候，青玉都好奇，杜若和她妈妈怎么就那么亲，比和她这个亲生女儿聊天还开心。

等青玉把香锅做好了，端出去，她们还在聊。青玉断断续续地听到，杜若说会帮青玉物色金龟婿。天啊，原来不是只有青玉像老妈子。

是不是大学毕业了，都会面临各种逼婚？

青玉伸出手，示意杜若把手机给她，青玉刚准备和妈妈说几句。可是不曾想，杜若无奈地耸耸肩。

"阿姨挂了，说等这次梅子酒酿好了，就搬过来住。"

听到这样的话，青玉都惊呆了。青玉随即几步上前就抱住了杜若。父亲去世后，青玉自己又忙于学业，很少和母亲相处，这次母亲能过来，对青玉来说是非常让人高兴的一件事情。

青玉一句感谢的话都没说，因为她知道，杜若都懂。

青玉吃着辣辣的小龙虾，杜若吃着辣辣的香锅，两个人被辣得直灌啤酒。

"为明天，干杯！"杜若红着脸对她举杯。

青玉因为她妈妈愿意搬到她这里，也很开心，也就倒多少喝多少。更何况，青玉本来就好酒，但不嗜酒。

可谁说，喝啤酒不会醉！

第二天，早晨六点钟，青玉就被手机闹钟铃声给震醒了。

洗澡，弄头发，挑衣服，脖子上还顶着一个醉酒后的脑袋。青玉在镜子前，一照再照，直到杜若不耐烦地说道："凌青玉，赶紧上班去，第一天别迟到。我还要睡觉。家里回头让钟点工收拾。"

其实，青玉自己在心里也嘲笑了自己一番，还真把自己当作很重要的大人物了，这么大的公司，谁会注意到她的衣着？

果然到了公司，都没人回头看她一眼，这太打击人了。青玉记得杜衡说的方向，知道得从正门进去，乘电梯到10楼，去公关部报到。电梯门打开了，青玉和电梯里的人视线相碰的一瞬间，愣住了。

天呀，怎么又是他！青玉不由得愤愤鄙视自己的倒霉运气。

吃惊下青玉忘记还需要进电梯，只是呆呆地看着对方，还好对方反应得快，及时伸出手，挡了一下电梯的门，已经快合上的电梯又重新打开。

"这么笨的人，怎么有资格进我们这里的，看来杜经理的眼光也不过如此。"那个问题男云淡风轻地说了一句。

青玉立即反驳道："那也比你强得多，哼！"后来觉得还不够，又狠狠地白了他一眼。

美男子瞬间石化，看着他那目瞪口呆的样子，青玉心情大好。虽然只有他们两个人，气氛有点诡异，但是首战告捷，青玉心里不由得欢快起来，谁让你惹我，就戳你痛处。虽然不知道杜衡和他什么关系，但就是看不惯他这种口气。

"呵呵！"美男子干笑了一声。

青玉鸡皮疙瘩掉了一地，没事笑什么笑！青玉心里恶狠狠地骂着这个男人。

叮咚！到了10楼，电梯门刚开，青玉就飞一般地逃离那个又黑又小的电梯。青玉一边向公关部走着，一边嘟囔道："下次得早点来，错开这个男人。"

到了公关部经理办公室，青玉拿出手机，简单地照了一下自己，看看仪表整齐与否。青玉轻轻地敲着经理的门，虽然是玻璃的门，却丝毫看不到办公室里面有什么。她耐心地等待着，心里很清楚，这可能是经理给的下马威。她站得更加毕恭毕敬，生怕万一门口也像面试厅一样安装一个摄像头，那不糟糕透了！

等了两三分钟，也不见里面有什么回复。青玉不耐烦地又敲了几下，这时候从她后面传来一阵脚步声。

青玉回头一看，只见一个男人，光洁白皙的脸庞，透着棱角分明的阳光，乌黑深邃的眼眸，泛着迷人的色泽，浓密的眉毛，高挺的鼻梁，绝美的唇形，就如画里面走出来的绝代美男子。他身穿黑色西服，里面衬着洁白的衬衫，第一个纽扣没有扣，西服敞开，黑色皮鞋闪着光芒。

天啊！这是杜衡吗？

青玉以为昨天穿着正装的杜衡已经够美了。今天的杜衡，稳重中带有一种严肃，严肃中更有一种不可忽视的阳光。她突然清醒地觉得自己陷进去了，陷在那种温暖安全里面难以自拔。

看着离她越来越近的皮鞋，听着越来越近的脚步声，她心里就像钢琴咚咚、咚咚地奏着的音乐。

"让你久等了，刚才去了董事长办公室，实在抱歉。"杜衡温润的声线，扯着青玉的神经。

听到杜衡的声音，青玉才意识到自己又一次失态了。她向后面退了退。把头低了下来。不是不敢直视杜衡，而是怕管不住自己的心。

但是青玉忽又觉得不能在他面前表现得这么不堪，于是立刻抬起头，微笑地答道："是我来得早了。"

视线在这一刹那交织在一起，那深不可测的温柔里，带着淡淡的宠溺。心跳地太快，呼吸也就更加困难。

杜衡侧身开门，邀请青玉进去。青玉不好意思地摸了摸自己耳边的头发，伸出右手，请杜衡先进去，毕竟人家是上级嘛。

青玉进去之后，感觉杜衡的办公室，很有一种书香阁楼的风格。简单、大方，除了几幅山水画之外就没有其他多余的装饰。最花哨的装饰要数就是阳台上的君子兰，有点古风。青玉心里不由得赞叹，这是一个有涵养的男人。

公关部的总经理是杜衡，杜衡是她们口中的衡少，是天辰集团二把手杜林峰的儿子。杜衡交代了青玉该做什么工作，以及集团里面的大大小小关系。很难看出来，这个26岁的男人，这个属马的男人，居然这么有才华，简简单单的几句话，就为青玉厘清了所有复杂的人际关系。

虽然青玉知道杜衡是自己的直属上司，却不曾想过，自己会离他那么近。近到在一个部门，这是缘分吗？

随后杜衡带青玉去了甲组，甲组负责集团的酒店公关。杜衡和青玉说，这个组最能锻炼人，也最苦。想成长就选择甲组。还有一个外聘的F组，是一个时尚杂志的公关，是因为想借用天辰集团的名声，所以外包公关部，在里面基本没事做，一个月可能只有一件事，最轻松，属待遇较好的一个组。选择权在青玉的手里。

青玉毅然选择了甲组。在甲组不仅可以锻炼人，而且还有额外提成，做得出色，月薪过万都不成问题。虽然第二点较俗，却很现实。

杜衡介绍青玉给大家之后，就去他的办公室了。可是接下来，青玉就惨了！

你很难想象，公关部的男女老少，都围着她，问东问西，但话题围绕的都是杜衡。

天啊，终于知道杜衡非要坚持亲自送青玉过来，以及亲自介绍青玉的原因了。这家伙，是披着羊皮的狼。

直到甲组的组长翟红来了，整个组才瞬间安静了下来。青玉第二次看到这个30来岁的女人身上拥有的那种不可忽视的气场。对，强大的气场。据说，她是农村来的，学历只有初中，却在短短的三年，从一个打扫的后勤，越到公关部做了公关成员，又三年就跻身组长行列。还听说，她还是集团下的高级酒店住房部的副经理。流言说因为她是杜衡爸爸的情人，靠的是床上的能力。可是青玉却在她身上看到了不一样的气场。

终于知道为何天辰集团会如此强大。看重的是能力，不是学历。青玉的直觉告诉她自己，这个女人不像流言传的那样没本事，靠的是媚术，而是真正的女强人。

就像当初面试的时候，四两拨千斤，就把宸太子推出去挡衡少，这样的女人，确实有手段。

第六章　不能说的秘密

由于青玉是新加入的成员，按照惯例，会有一个迎新会。

青玉刚坐下来，开始熟悉自己业务的时候，就有一个很干练的女孩子走过来，那女孩大概有 27 岁左右，这个女人短发，脸属于娃娃脸的那种，可是开口说话的嗓音就不是甜美的了。

"凌青玉，红姐找你。"

"我吗？好的。"青玉朝着这个可爱的女人点了点头，便起身向红姐的办公室走去。青玉在想可能是问迎新会定在哪里，便小跑着过去。还没敲门，就听到里面翟红的声音："直接进来吧。"

干净利索的话语，青玉也就不矫情了，直接推开门就进去了。

翟红的办公室不像杜衡那样简单，办公桌的后面是很高的书架，整个办公室花花草草的基本看不到，甚至都不见暖色调。如果问这里最多的是什么？青玉毫不犹豫地告诉有兴趣的人，最多的就是书！

"组里的成员一般会喊我红姐，或者组长，随你的心意来，不重视虚的。"翟红抬着头微笑地说道。

青玉这才仔细地看了看她，眉毛不算柳叶眉，是弯弯的那种，眉毛下是一双大眼睛，水灵灵的。鼻梁不算高，嘴唇薄薄的，还有一个梨涡。如果她身上没有高冷的气场，都觉得她像邻家妹妹一样小巧随和。

她的脸上显然是化了妆的，可是岁月没有刻下太多的痕迹。这张脸看起来也只有 26 岁的样子吧。

"红姐，不知道你找我来是为了什么？"青玉尽量表现地很自然，生怕上班第一天就没留下好印象。毕竟面试的时候，红姐可能对自己的表现并不是很满意。

"衡少特意留意了你，说你值得栽培。还让我别告诉你，他请我照顾你的事情。我既然告诉你，你也该知道怎么做。希望你多努力一点。有些东西是看明白的，不是说明白的。"

青玉看着红姐真诚的眼神，点了点头。

"今晚在大富豪酒店包厢408开一个聚会，下班就直接去，回头我会让助手李晨通知大家的，你没有意见吧？"

"没，全凭红姐安排。"

青玉心里腹议着，这是商量吗？这简直就是通知！说起来，青玉还想订醉仙楼的。那边的龙虾最新鲜，而且又不贵。

"没什么事情，我就先出去了，红姐。"

"嗯！"红姐头也没抬地发出一声。

青玉出了办公室，往自己位子走去的时候，坐在她旁边的胖子，就凑过来，小心翼翼地问青玉："今晚地点是哪儿？"青玉看着她那胖乎乎的脸，笑着回她一句："大富豪！"

"天啊！真的假的？"在她准备继续尖叫的时候，青玉捂住了她的嘴巴。看着她那样吃惊的眼神，也把头凑过去，问了一句："怎么？有问题？"

胖子呜呜地发出不满的声音，青玉伸了伸舌头，放开手，示意她继续。她咽了一下口水，小声地告诉青玉。

"告诉你一个不能说的秘密，我们聚餐从来都是在一些普通的小饭馆，因为红姐说，做人要节省。红姐不管是自己掏腰包还是用公款，都是去小饭店，最高档次的就是老胡同的那家秦淮人家。凌青玉，不知道红姐是不是故意的，你这样多遭人嫉妒啊？哎，估计是你身材太好了，红姐怕你比她更美，所以得借刀杀人！"胖子小心翼翼地告诉我。

说真的，青玉不知道红姐到底什么意思。

可是，她不得不佩服胖子的想象力。尤其是胖子还自傲地说了一句，她永远不担心这个问题。青玉扫了一眼她那丰满的身材，反而倒是庆幸自己被嫉妒。

可是，胖子有一点说对了。李晨通知了今晚聚会在大富豪，整个组都沸腾了。有的人甚至酸里酸气地说："大人物不一样啊，衡少都亲自来了，组长再怎么省也要看他的面子啊？"

青玉听到这些话直接过滤掉，生存第一大计就是心态要调整好。可她不免还是有疑惑，衡少为什么对她这样与众不同？

怎么也想不明白的时候，就果断放弃。有什么好想的，现实生活中，那么多想不通的，难道要全搞明白吗？

胖子把椅子转到青玉面前，笑嘻嘻地说："凌青玉，你干什么愁眉苦脸的啊？衡少很少对一个女人那样上心的，你就当那些女人嫉妒你才说的话。"

青玉用胳膊肘抵了她一下，开玩笑地说："你不嫉妒？"

胖子吃惊地用手指指着自己，然后白了青玉一眼。

"凌青玉，我这样的美女，搁在唐朝，需要嫉妒你这个赵飞燕？"

看着胖子那夸张的表情，青玉忍不住地笑了起来。胖子意识到青玉在逗她，她也就得寸进尺地甩了甩身上的肥肉，得意地说："我总觉得，我这样的人，会遇到真心对我的男人，不嫌弃我的胖，还会为了我，给我很多美食。哈哈！"

看着那抖动的肉，青玉也跟着哈哈大笑起来。

这算是青玉第一份工作遇到的第一个暖心的同事。青玉甚至有点期待这次聚会，因为她也想和大家拉近一下距离，快点加入这个团体。

时间过得太快，都到中午了。中午有两个小时的休息时间，青玉思忖着该不该打电话约一下杜若，顺便告诉她，自己今晚去大富豪的事情。还没考虑好，杜若的电话就打进来了。

"青玉，中午一起吃个饭吧，告诉你一个好消息和一个坏消息，你先听哪个？"

"又是吊胃口的事情，那就坏消息吧！"

"嗯，我就先说好消息吧！我也在天辰集团上班，只不过我是在市场调研部做策划。"

"真的吗？太好了！得请客，你倒是深藏不露啊！坏消息是什么？"

"坏消息就是，我又得天天见到你了，这样我又没时间谈恋爱了。"

"哈哈哈，是的啊，这样杜大小姐就只能和我一起去吃饭了。"

"好的，遵命，今天中午去哪里？"

"神农烤鱼，不见不散，谁迟到谁付钱。"青玉话还没说完，大小姐就挂了电话。

这丫头，明明是大小姐，土豪姐姐。可是每次吃饭都蹭自己的，还义正词严地说，她是无产阶级，自己是资产阶级，资本家就该给钱。

青玉都能想象到杜若开车超速的样子了。天啊，交友不慎！

胖子盯着青玉，青玉摸摸脸，疑惑地看着她。胖子啧啧地说道："凌青玉，我觉得你长得像一个人，可惜我想不起来了。"

青玉叹了口气，这胖子，是在强调她是大众脸吗？青玉随即给了她一下，她捂着脑袋喊疼。下手没有那么狠啊？青玉带着歉意看着胖子，胖子居然哈哈地笑起来，还笑话青玉傻，居然还相信。

谁说女人奔三就不再幼稚！青玉觉得芳龄28的胖子就是周伯通。

胖子讨好地双手合十，拜托道："听说你去神农烤鱼，能不能帮我带附近的尚功芳的甜品啊？"

看来这才是重点！

青玉点头说好。胖子一把抱住她，开心地笑道："那快去吧，记得早点回来，我中午本来还准备吃三个鸡腿的，现在就吃两个吧，留点肚子吃甜品。"

"啊！你说三个鸡腿？"

"嘘，这是我们不能说的秘密！其实我还是在吃过午餐后，再吃三个鸡腿！"

看着胖子那偷偷摸摸怕被别人知道的表情，青玉瞬间明白，为何她的肉会如此均匀地长在身上，任凭高跟鞋摧残都依旧那样肥！

"你怎么可以露出这样的表情啊！好伤人啊！"胖子委屈地看着青玉。

"我不是故意的，我只是很难想象吃下三个鸡腿的感觉！"

"你不喜欢吃鸡腿吗？"胖子似乎不相信这个世界上居然还有拒绝鸡腿的人。

青玉无奈地点点头。

"好吧，咱们不能愉快地玩耍了。"说完胖子就留下一个完美潇洒的背影给青玉。看来，每个人都有自己喜欢的美食，就像青玉，只对龙虾情有独钟。

等青玉到了神农烤鱼，杜若已经坐在最佳的位置上，桌上热腾腾地冒着烟。套句话说：夏天吃烤鱼，越吃人越火，冬天吃冰棍，越吃人越棒！

青玉刚坐下来，杜若就发飙了："你堵车吗？居然来得这样迟！"

"我哪儿像大小姐，开车像开飞机，为了烤鱼，估计明天罚单漫天飞。"

"这不用你管，下次再敢迟，小心我把你当烤鱼。"

"大姐，都是资本家剥削无产阶级的。你看看你！哪里像无产阶级？罚单都够吃十顿烤鱼了！"

"好了，吃的就是兴趣！来，开吃吧！"

青玉愤恨地把鱼肉往嘴巴里塞，这个杜若，有钱任性啊！

杜若看着青玉，神秘兮兮地说："青玉，你听说衡少了吗？"

"嗯，就是昨天送我回家的那个。"

"那你知道宸太子吗？"

"不知道。"青玉一边吃一边回答。

"凌青玉，好歹是人见人爱的帅哥，人人都爱的八卦，你居然只顾着吃！"

"美食当前，其他什么都是浮云。话说，宸太子长得好看吗？"

"你不认识他？也不知道他吗？"杜若带着试探的语气问道。

青玉盯着杜若看，杜若的眼神飘离青玉的视线。青玉很奇怪，她为何要试探自己。自从决定来天辰，冥冥之中就像有一双手，推动着所有人走向一个深不可测的深渊。有很多事情，脱离了原来的轨道，这样的不安，让青玉难以接受。

杜若尴尬地笑了笑，继续埋头吃饭。

第七章　再见宸太子

午餐吃好后，闲聊了几句，青玉就准备回公司了，上了班就不是自由之身了。差点忘记胖子的甜品，还好杜若每次饭后都爱买甜品，哪怕不吃，也会买。不然，胖子回去得以为自己抠门了吧。

在挑甜品的时候，青玉才细心地注意到，杜若必拿芒果味的甜品。回想起来，每次买的这些芒果味甜品，不是给青玉吃，就是扔掉，很少看到杜若自己吃。

青玉一直以为自己很细心，能看透身边的人，不管是性格，还是脾气，又或是过往的故事。如今才感觉，自己对杜若，没有想象的那么用心。

可是青玉想等她开口告诉她。朋友不是就该如此吗？每个人都有秘密，你探究别人的秘密，无疑是揭开别人的伤疤，还要当自己是圣人一样，安慰对方。

买好甜品，杜若都没有说过一句话，青玉也不敢说话，怕万一触碰到她的防线。去地下停车场取车的时候，杜若突然撒娇地说："凌姐姐，今天你开车，好不好？为了烤鱼，交警哥哥开的罚单太多，心脏受不了。"

虽然杜若像平时一样的表情，可为何，青玉觉得多了一种陌生。总觉得，有什么东西在默默变化着。像命运脱离了轨道，驶向未知的方向。

坐在旁边的杜若，眼神空洞，沉浸在她的世界里。青玉第一次觉得原来自己与杜若之间还是有距离的。除非你能够参与她的所有过去，所有未来，才能把握百分之五十的她的人生。只可惜，自己没有参与她的过去，也不确定未来是否一定死死纠缠，所以怎么有资格强迫她的人生必须分给自己百分之百？

到了公司，杜若才勉强笑着和青玉说，晚上记得在大富豪等她。看着她强打着精神，调侃自己的时候，青玉心里隐隐地心疼。

青玉拎着带给胖子的甜品，等着电梯。电梯门打开，青玉进去刚准备按一下10，就有一个修长的影子跟了上来，抬头一看。

这是老天在开玩笑吧！

如果说上辈子的五百次回眸才能在今生擦肩而过的话，青玉想，她上辈子是被这个男人回眸了多少次啊？今天，一天就遇见了两次，而且是同一个地点！

青玉出于大度，没有关起电梯的大门。按了10之后，就自顾自地站着。离这男人远远地站着。这个英俊的男人，慢慢靠近青玉，俯身向下，青玉下意识地躲了躲。

不曾想，这男人居然呵呵地笑了起来，看了看电梯层数的按键说："那我也去10楼吧。"

真是神经病！青玉在心里默默地画圈圈诅咒他，还好没有认为，这个男人要非礼自己，不然这脸就没办法见人。不过，话说，这个男人肯定是故意的。不然，怎么会按个电梯，都离自己那么近，肯定是捉弄人的！就这样，青玉给这个男人定下了一个"差"的标签。这个无辜的男人，不知道自己一个玩笑的动作，居然会被冠上这样的罪名。

电梯到了10楼，青玉迅速地跑出电梯，这男人也跟着出来了，真是阴魂不散！她都怀疑上辈子是不是欠他钱。青玉提着甜品就往甲组跑去，全然不顾形象，她觉得，再待在这男人旁边，自己会忍不住破口大骂的。

还没进办公区的门，就看到胖子翘首以盼的样子。青玉把甜品拿起来，晃了晃袋子，胖子露出了高兴的表情。胖子的世界，我们是不懂的。胖子拿出甜品，惊讶地叫了一声。

"咦，凌青玉，你怎么知道我喜欢摩卡的，怎么知道我爱草莓味的卡其布鲁，怎么知道我爱吃芒果布丁，啊，还有最出名的核桃饼干。"

如果能有一把刀，青玉会杀了面前这头贪吃的猪。在自己没出去之前，她可是介绍了一大堆甜品，白痴都能记住她爱吃的甜品吧！更何况，凌青玉的优点就是记忆力超强。

李晨小跑过来，上气不接下气地说："快，快，凌青玉，红姐找你。"

青玉立马站了起来，一路小跑去了红姐办公室。刚进去，就看到红姐的位置上坐了一个男人，是自己特别想躲着的那个男人。红姐居然毕恭毕敬地站在他身边，青玉的脑子顿时短路了。这是什么情况？

红姐看到青玉的时候，像看到救星，眼睛瞬间发光。青玉心想，不是这男人来找我麻烦的吧？她咽了咽口水，心一横，客气地询问道："红姐，请问有什么事情吗？"

红姐看了看那个男人，又回头看了看她，没有说话。青玉心里的火，慢慢上来了，很窝火，这个男人似乎不简单，似乎连红姐也怕这个男人。这个男人到底是谁？青玉的大脑快速地转着。

心里突然响起一个声音，宸太子！只有宸太子，才会肆无忌惮地出现在集团的各个部门。只有这个大少爷，才会让红姐都头疼！天啊！青玉瞬间石化，她自己是幸运还是不幸运？有的人来了一两年都没有和宸太子见过！而青玉居然第一次来天辰集团就遇见了他，第一天上班就遇见了两次。这样的概率好吓人！

"红姐不说就由我来说，我现在给你一个任务，你来证明你的实力！如果证明不了，你自己走人！当然当初保你进来的人，也会得到处罚，听明白了吗？"宸太子冷冷地说着。

这无疑给青玉心头的火又加了两把柴，这男人想报复她！只是为何还要牵扯杜衡？青玉牙齿狠狠地磨了磨，恨不得咬死他。她看着他愤怒的表情，居然嘴唇上翘，有没有人性，居然笑了！

青玉为了自己，也为了信任她的杜衡，还是谦卑、恭恭敬敬地说了声："谢谢宸太子抬举，我定会全力以赴，不辜负宸太子培养下属的好意，更不会辜负杜经理的栽培。"说完还不忘记半鞠躬，遮住脸上快要挣脱的愤怒。

宸太子从红姐的位置上起来，走到青玉的面前。谁让男人天生比女人高！他俯视着青玉，悄悄地说："你竟然猜得出来我是谁，看来也不是笨得无可救药。我开始允许你偷偷地吸引我注意！"

说完便径直离开！

"不！刚才说的什么？什么允许我吸引他注意？什么叫允许！这世道，怎么什么人都有。"青玉在心里疯狂叫嚣着。

红姐走过来，拍拍青玉的肩膀，语重心长地说道："把握好，选择好，才是女人一辈子的幸福。"

青玉望着红姐，看着她微微一笑，却包含了太多的无奈。

青玉知道，对于杜衡的请求，自己相信红姐有一半是真心想培养自己的。对于宸太子，青玉想红姐心里估计也觉得对不起自己。不然，她眼神里怎么会有那样深刻的担忧。青玉假装很轻松地对红姐说："权当宸太子想提拔我的好意吧！是福是祸，还不知道，所以不必担心。"

"女孩子还是任性一点好，不要太懂事，太懂事的都是有不一样经历的人。男人更喜欢任性点的姑娘，你还年轻，别太顾虑别人，自私一点不是更好？"

"谢谢红姐提点，我明白了。"

红姐露出赞许的眼神，她拍了拍青玉的肩膀，就走出了办公室。青玉看红姐都离开了，索性也就跟在后面出去了。

青玉意兴阑珊地坐到位置上，满头脑想着，恶魔少爷会出什么难题，心情郁闷极了。手里拿着笔，不知道该做什么，就在纸上胡乱涂鸦。

胖子凑了过来，好奇地问："凌青玉，红姐找你干什么？不会是因为甜品的事情吧？"

青玉能清楚感应到自己的表情是瞬间石化的，不过，胖子的世界才是最纯净的，因为满脑袋只有"吃"这个字。

"我说错了？那是什么原因啊？"胖子继续追问道。

看她那样好奇，青玉想着，不告诉她，她肯定会一个劲儿地追问，宸太子找她的事情，迟早有一天会不小心流传出去。倒不如，坦坦荡荡地说出去。青玉把事情经过讲了一遍，胖子听了，时不时用手捂住嘴巴，看来胖子经不起吓唬。讲完之后，胖子深深舒了一口气，慢慢也缓了过来。

胖子轻轻地拍拍青玉的手，认真地说："谢谢你信任我，我不会让第二个人知道，你放心。还有，看来我得去减肥了。"

呃，前半句倒是挺感人的，只是后一句却那么出乎意料。青玉还没来得及消化，胖子解释道："如果我瘦下去，就能拯救你，不让你陷入三角恋，也算功德圆满的一件事情。不要太感动噢。"

青玉白了她一眼，胖子这样的人，积极乐观，才能活得开心。兵来将挡，水来土掩，管他呢。今晚去大富豪，自己要点超大的龙虾，来弥补那受伤的心灵。想明白了青玉便哼着小曲，乐滋滋地打开电脑，继续学习培训发的资料。为了打赢胜仗，她自己要努力！

晚上下班，有车的人带上没车的人，直奔大富豪。

青玉刚来，就闹出来这么大的动静，确实够高调，可是在白领的世界里，下班期间，难得一起玩，所以再有什么问题的，也埋在心里，因此大家都很开心。到了大富豪，没想到包厢里面居然坐了一个让青玉还未吃饭就有反胃迹象的人！

又是宸太子！

一天见了如此多的次数，就算再帅的人，也会产生审美疲劳的嘛！

虽然青玉是极其不乐意看见他，可是看到桌上的菜，最终还是选择待下去。更何况此次是为了迎接自己，如果主角都不在，这说出去也太不像话了吧。

青玉看到包厢桌子很大，甲组 13 人，再加上那个可恶的男人，一桌也正好坐得下。青玉和胖子坐在一起，可宸太子像是故意要整青玉一样，居然笑着说："新来的人长得太丑，坐我旁边来，也好衬托我的脸，提高我的颜值。"

青玉赶忙赔笑道："您是九天下来的美男，我怕玷污您尊贵的眼睛。

我还是坐在这里比较好。"

"你坐那边是故意让我吃不下饭吗？我一抬头不就看见你了？"他不悦地说。

胖子对着青玉挤了挤眼睛，青玉想了想，只好妥协了。不然，这顿饭肯定食之无味。青玉也不想打扰其他人的兴致。

刚坐下，门口走进一个人，青玉忽然觉得，有道强烈的光迎面照过来。

青玉本以为，他不会出现的。

第八章　吃味

　　整个组的人哗啦一下全部站了起来，好多人抢着让座。有的甚至忘记服务员也在包厢里面，还准备出去喊服务员加座。青玉带着得意的笑容看了看旁边的宸太子，心想：这就是区别！

　　宸太子看到组员对衡少的欢迎程度，再看向青玉那狡猾得意、甚至故意刺激自己的眼神，心里默默地泛起一阵酸酸的味道。论年纪，自己和杜衡差不多；论相貌，自己不输于杜衡；论才干，自己更不逊于杜衡。可为何，从小到大，只要有杜衡的地方，就有很多人维护着。就连他的爷爷，有什么重要的大事，必然交给杜衡。有的集团机密，甚至自己都不知道，而杜衡却很清楚。

　　宸太子突然站了起来，咳嗽了一声，整个包厢瞬间安静下来了。

　　"大家都很欢迎杜衡经理啊，看来今晚得好好罚杜衡喝酒，不然下次谁都会学着迟到的。"宸太子乐呵呵地说道。

　　这家伙不是一般的腹黑啊！

　　这样子杜衡不管如何都会自罚喝酒，以此表示，接受迟到的惩罚。都说女子的嫉妒心很重，为何这男人比女子更小心眼，无毒不丈夫啊！

　　"世宸，你怎么会参加公关部的活动？"杜衡笑嘻嘻地询问。

　　"怎么？不可以？整个天辰都是我的！更何况是我们的公关部，我这个总裁，也得亲近集团的精英，多和精英联络感情啊！"宸太子语气虽然带着傲慢，但话里有话，组员听到了，多少都会心存感激。

　　就这短短的几句对话，笑嘻嘻的外表下，究竟有几分真心。青玉不明白，似乎大家都不明白，然后大家又都会觉得，生活就该如此。

杜衡没有选择坐在宸太子的右边，而是坐到了青玉的左边。

青玉享受着整个集团所有员工做梦都想要得到的待遇，可是她自己却觉得自己就像夹板中的烤鱼，左右煎熬。

红姐站了起来，和气地说了一些感谢集团，感谢宸太子，感谢衡少，感谢员工的话。在场的每个人都以热情的掌声、欢呼声来附和着。唯独青玉基本没有听进去，她不是容易走神的人，最近却频频走神。她努力让自己看起来很合群，可是结果很显然，她的努力并没有什么成效。

不是所有合群的人都是虚假装出来的，但真正合群的人，必然是孤独或者习惯现实的人。而青玉刚从大学出来，虽然也有同龄人没有过的经历，可是她毕竟还小。

酒桌上蕴含了很多的文化，不经常出席一些活动，必然是放不开的。没有人责怪青玉的安静，人们似乎觉得，她就该那样安安静静，如午后青莲一般。

接下来就是杜衡自罚三杯，而且都是白酒。刚喝完，就看到杜衡的耳根都红了。青玉不确定这场貌似开心的迎新宴，是不是蕴含着地下战争，唯一确定的是：宸太子在故意整杜衡。

青玉觉得这里面，可能有一半原因是自己的加入，触犯了宸太子的底线。就像古代皇帝的儿子们的斗争，都是明枪暗斗。

那么，显然是她拖累了杜衡。

青玉心里有股儿劲，不服输的劲道，噌地一下就站了起来，拿起酒杯，殷勤地看着宸太子，很温柔地说："太子，你看衡少和大家都喝了这么多，您不喝，大家也不敢尽兴啊！"说完还故意挑了挑眉。青玉心想：就不信，你不喝！

"如果你能够提前敬我三杯，我倒是可以考虑考虑。"

看着他狡猾的眼神，青玉内心的火，就硬生生地压下去了。想让青玉发火，然后再按公司规定，给个处分什么的，那她不就上了宸太子的当吗？

青玉也就不恼了，反而更加谦卑，更柔声道："我长得又难看，酒量又差，还是不在太子面前逞能了，免得醉酒发疯，惹您心烦。我就干了眼下这杯酒吧。"

说罢，青玉便一饮而尽。

宸太子站了起来，把杯子高高举起，慷慨激昂地说："我相信，所有公关部的人都是好样的，我带头，一杯饮尽，你们随意。喝了酒没有职工和领导，就当朋友，给我嗨起来。"

只见宸太子一饮而尽，酒水滑过他的喉结，男人的标志如此明显，青玉越来越看不懂他。本以为他只是比较幼稚，嫉妒衡少，可看到他如此豪爽，似乎不是小心眼的人。

包厢里顿时沸腾起来，有了那句话，就像脱了缰的野马，谈论的话题也五花八门的——各种玩笑的声音，很是热闹。

青玉好久没有感受过这样热闹的时候了，总觉得热闹是他们的，而自己只是一个旁观者。

杜衡细心地为青玉夹菜，青玉很惊讶，为何他知道她爱吃的菜。彼此之间的熟悉感，让青玉疑惑了。

她带着困惑看向他，他笑了笑，温柔地说："看你夹菜的次数就知道你爱吃的是什么了啊。"

说不感动是假的。

青玉回报了一个感动的眼神，两个人的视线交汇在一起，有一种暧昧不明的气息在涌动着。

忽然一道声音划破了这种沉醉的气氛。

青玉侧过头看着宸太子，他很不屑地说："那个小玉啊，我要吃鲍鱼，你夹给我。"

他眼神里面包含着浓浓的警告，仿佛青玉不照着做，下面还有更多的手段。青玉看着那张英俊的脸，这么大的男人，居然这般幼稚。

青玉夹了鲍鱼就往他的碗里一扔，心里诅咒他，吃死你，恶魔！

"这菜没在碗里的时候，看着还有胃口，这会儿到了碗里面就没胃口，你再给我夹点西蓝花吧，瞧着还挺好看的。"

他自顾自地说着。

青玉的火噌噌地往上冒，稍微一不小心就能烧着整个包厢。

可为了整个饭局，她只好努力地忍着，西蓝花在桌子的对面，青玉伸出手，慢慢地转着桌盘，来缓解自己的怒火。

她温柔地夹了西蓝花给杜衡，然后恶狠狠地夹了西蓝花放在宸太子的碗里。宸太子无视青玉这种无声反抗的小动作，照旧我行我素。

这顿饭，青玉就在帮他夹菜中度过，宸太子面前堆了很多菜，可是他却一口未动。等大家都吃得差不多的时候，他居然打了一个响指，招呼服务员，把面前的菜分类打包。

这样的男人，真难伺候！

陆陆续续开始散场，胖子有车，就问青玉是否要搭车，青玉刚想和胖子一起去地下停车场。宸太子就对胖子说："你先回去吧，我没吃饱，这个新来的得陪我再吃一顿。我送她回去。"

胖子担忧地看着青玉，露出了生死离别之状。青玉听到这样的话，再也不想忍了，脱口骂道："你凭什么决定别人的选择啊？就因为你身份比较尊贵？就因为你叫作宸太子？如果没有你老爹，你怎么可能叫太子？自以为是的自大狂！"

青玉说完便转身拉着胖子去提车了。

可是没走几步就后悔了！自己这是怎么了？不能控制自己的情绪。这下子，可彻底得罪了这个恶魔，之前努力忍着，不就白费了吗？

第九章　你是一道光

到了小区，青玉和胖子道了别。

青玉低头看着手机，偶尔抬头看一下路。

背后传来一阵稳重的脚步声，听着还蛮熟悉的，可是她没有回头，她觉得可能是小区里面的人在散步。

脚步声很有节奏，似乎一直跟着青玉。青玉转弯，脚步声也跟随着。这时候，青玉内心才有点害怕，可是又不敢回头看，便加快步伐。

青玉心里安慰自己，这个小区里面怎么可能放陌生人进来，而且小区里还有不定时巡逻的保安。青玉这才慢慢放下心来，只是脚步声一直跟着自己，还是让她感觉不安，她假装镇定，其实内心还是惶恐的。

到了电梯，青玉快速地按了一下按钮，才想起电梯好像坏了，心里一阵忐忑。可不曾想抬头看到电梯的门，修长的倒影，青玉觉得一切不安都消失了，整个世界一下子安静下来了。

原来是杜衡！

青玉冲着电梯门上的倒影，笑了笑，头也没有转，只是微笑地问："杜老板，您也住在这里啊。"

杜衡抖了抖手上拎着的袋子，暖暖地说："给你送来一份好吃的……龙虾！"

青玉一个转身，就看到杜衡笑嘻嘻的样子。

青玉觉得既感动又好笑，说："怎么跟在后面，一句话也不说，吓死人了。"

　　杜衡淡淡地说："你拿着手机，从我面前走过，都没发现我，我只好跟着了啊。"

　　电梯门居然识趣地打开了，青玉在心里默默地把电梯骂了一遍，这是歧视啊？敢情电梯也是看脸的啊！

　　青玉和杜衡同时跨进去，青玉按了一下8，电梯开始缓缓上升。等到了8楼，青玉先行跨出电梯，杜衡跟着她走出电梯。

　　这个时候，她突然想，如果能有个人，陪着她一起上下班，一起为了未来而奋斗，这样的日子是不是会很幸福。

　　可有时候，青玉还是不敢想，因为怕自己承受不起这样的幸福。她怕拥有爱情。说到底，是害怕习惯依赖。人依赖别人，不需要多少次就会养成习惯。戒掉依赖，却可能需要一辈子。

　　而青玉就是这样的人，所以她不会轻易依赖一个人。这也是为什么，同龄的人换了一批又一批的男友、女友，而她只有一个闺密——杜若。在她身边超过两年的，也只有杜若。

　　杜衡看着青玉从门旁的君子兰花盆里拿出钥匙的时候，惊愕地问："你就把钥匙放在这儿？也不怕下次，我偷偷进来？"

　　"我相信你不是这样的人。"青玉想都没想就飞快地回答。

　　杜衡看着青玉满脸的信任，又看了看君子兰，用不容拒绝的口气说道："明天记得把该用的东西放在包里面，不要把钥匙放在门口，你一个人睡，不安全。"

　　说罢他的眉毛紧锁，很认真的表情，这让青玉觉得，自己就应该顺从地听他的话。

　　为何，青玉总觉得，他对自己与众不同。可是实在想不出来，自己有什么值得他这样对待。

　　但又找不出他会欺骗她的理由。她自己一没有钱，二没有显赫的家族力量，三更没有傲人的容颜，没有什么东西值得被骗。

　　青玉自己都在暗暗佩服自己，在这么短的时间，居然思考这些，到底从什么时候开始，自己防备之心这般严重。难道是因为父亲画作里面用的千金难买的御制龙纹墨？还是母亲不经意间提起的父亲和母亲的高贵出身？每次想继续追问下去的时候，她母亲很明显地在逃避。

青玉想不明白，可是唯一确定的是，这个男人应该没有什么目的。

她很抱歉地看着他，点点头："谢谢杜先生关心，我会把钥匙收好的。"

杜衡显然很满意青玉的答案。

他站在门口，没有进去。青玉看了一下，这么出众的男人，难道是在担心弄脏房间里的地板，而迟迟不肯进来吗？

"进来吧，我这里不是太整齐，不需要这样拘谨。"青玉顺手开了灯。

杜衡笑了笑，指着鞋柜，乐呵呵地说："我是第一个进来的男性吧？"

青玉"嗯嗯"地应承着。没想到，杜衡的观察真的够细微，居然通过鞋柜没有多余的男士拖鞋就推断出他自己是第一个来这儿的男性。

"在我搬进这个房子的时候，父亲已经离开人世了，所以你的确算是第一个来这儿的男性。"

杜衡呆呆地站在门口，不知道如何接话。就这样气氛忽然就尴尬了。青玉一下子不知道怎么打破这样的气氛。倒是杜衡先开口了："你就打算让我这样站在门口？"

听着他打趣儿的话，青玉很不争气的脸就有些发热了，她深吸一口气，小心地上前两步，本来想拉着他的手，让他进来。可是，又没有那样的胆子，就伸手去拿着他手里的龙虾。看到青玉娇羞的样子，杜衡扑哧一声就笑出声来。

他冲青玉眨了眨眼睛，忍住笑意："我都怀疑，我这样一个大男人，居然抵不过一袋龙虾。"

"对啊，没想到衡少都比不过龙虾，说出去，会不会一夜间成为最火的帖子？"青玉调侃他。

他顺手把龙虾往青玉面前一摆，淡淡地说："快去吃你的龙虾吧，不过龙虾可不能多吃，会上火。我还让人家打包了一盒饭，配着吃，才算好。"

青玉从他的手里接过龙虾，就转身向厨房走去。还不忘加了句："听说下雨天，音乐和巧克力更配哦。"

"打算把我一个人扔在这里？"他不可置信地问道。

青玉头也不回地说了一句："你随意，我得吃饭去。"

后面传来一阵闷笑声，青玉心里满满的甜意。她把龙虾放在餐桌上，回头看了一下他。他就站在门口，呆呆地看着自己。青玉的视线滑过他的脸，灯光不算太亮，可是照在他的脸上，就像一米阳光，岁月静好。如果时光可以锁定这一刻该有多好。

"傻瓜，快吃饭吧。"他一边向青玉走来，一边哄道。

青玉哭笑不得，指指自己的脸："我是小孩子吗？"

他站在离青玉只有一厘米距离的地方，俯下身子，意味深长地说："你不是小孩子，但是比小孩子还贪吃。"

青玉能感觉自己的心不争气地跳个不停，不争气的脸肯定是红彤彤的。

她尴尬地笑了笑，摸了摸她自己的脸，接着就指着龙虾对杜衡说，"咱们一起吃龙虾吧？"

杜衡看着青玉那害羞的样子，摇了摇头，笑着说："你吃吧！我不饿，你晚餐吃得少。"青玉也不再客气，杜衡不吃，那龙虾就都是自己的了。青玉抽过椅子就坐了下来，不曾想，杜衡已经把袋子打开，拿出包装好的龙虾和饭，看着他那指节分明、修长白皙的手，青玉突然想，如果这双手可以陪自己一辈子该多好。

青玉总觉得一个人也不算寂寞，她有一个家，这个家还有一个偶尔的住客——杜若。而如今遇到杜衡，青玉特别想靠近他，想握紧那一米阳光。难道杜衡对自己这般好，是因为喜欢吗？她看着他的脸，那样真实，可他的心却那么遥远。

"怎么这样傻乎乎的？不是说，美食当前，永不后退吗？"

听到他淡淡的话语，就像一阵狂风，把青玉卷进一个汹涌的漩涡，沉溺下去。她努力克制自己的情绪，不让她自己被他发现，万一是她自作多情该怎么办？

青玉一把夺过龙虾的盒子，哼哼地冒出一句，"你可别打算用美男计，骗我的龙虾。"虽然声音小，但却彼此可见。

他哈哈哈地大笑起来，"我服了你了，快吃吧，我去给你煮点水？"

青玉说："煮水，还不如煮汤。"

杜衡才意识到自己用错了字，索性拍拍胸脯自信地说："那杜先生就给你展示一下厨艺，请问凌小姐，喝什么汤？"

青玉白了他一眼，就起身，打开冰箱，拿出西红柿还有鸡蛋，指着锅还有刀，对他简单说了步骤。

他挽起袖子，先清洗西红柿，然后把鸡蛋打在碗里，看着他不慌不忙的样子，很从容，青玉第一次觉得会下厨的男人才是好男人，能下厨做饭的男人更帅。

不一会儿，新鲜的鸡蛋汤就出炉了，不得不佩服这男人的本事，居然在浓浓的龙虾香味下，还藏有那样醇厚的西红柿蛋汤的香味。他端到桌上，拿着勺子给青玉，让青玉品尝。

他露出期待的表情，青玉拿起勺子，舀了一勺子，吹一下，喝了下去。西红柿的味道很浓，确实不错，而且还有青玉爸爸之前做的蛋汤味道。

喝完之后，青玉继续埋头吃龙虾，杜衡愣愣地站在旁边，一脸受伤的样子。青玉憋住要流下的泪，强装坚强地笑了笑。

"你看，给了你一副好的皮囊，一个好的身世，关键还给了你上得厅堂，下得厨房的能力，你说，公平吗？"

"哈哈，你这是间接夸赞我吗？"

青玉看着他期待的眼神，还有那样明显的爱意，顿时不知道该怎么回答了。

"对，就是在夸奖你。"青玉好不容易憋出一句话来。

这时杜衡的脸慢慢凑近，青玉又是紧张又是害怕，索性闭上眼睛不敢看他的眼神。青玉慢慢地向后躲，杜衡看着青玉明显的动作，心里也在责怪自己，为何这般唐突。可是，就在刚刚，看到青玉的面容，他的心，不自觉地想靠近她。

突然，手机铃声响了，杜衡赶紧站直，离青玉一尺之远。青玉也慢慢缓过神来，赶紧向客厅跑去。

"你刚去哪儿了？怎么那么多信息都不回？我只好打你的座机了。"听到杜若的责备声，青玉意识到，光顾着吃龙虾，忘记上班之后手机就一直都是静音模式，也难怪杜若会打座机。不过，还得感谢电话来得及时。

打死青玉，她也不会告诉杜若，自己为了吃龙虾，而忽视她。

不然，依照杜若有仇必报的个性，说不定，也会来一个突然消失，让自己也尝尝着急的滋味。

青玉支支吾吾地讲了大概，杜若知道没什么事情，也就不追问，只嘱咐她早点睡觉，别乱想。

挂了电话，回头一看，杜衡就站在厨房门口，静静地看着她。青玉想着刚才的事情，不由得脸就开始发烫。

杜衡看她不说话，又闷沉地说了句："早不打来，迟不打来，偏偏那时候打来，你的朋友真是会挑时间。"他好听的声音加上故意发出的叹气声，尾部的颤音，滴滴答答地敲打着她的心门。

如果温柔是一种大麻，那么她愿永远戒不掉。青玉很清醒地看着自己陶醉，看着自己一点点沦陷。

可是脑海中突然冒出宸太子凶巴巴的样子，青玉一下子清醒了。为何脑海总是时不时浮现他的脸。

杜衡慢慢地向青玉走过来，轻轻地哄劝："早点睡吧，明天见。"说完就大步地向门外走去，关门的时候，还说了句："晚安，凌小姐。"

第十章　折磨

被手机闹钟吵醒的时候，青玉正在做着美梦，梦里的杜衡像童话里面的白马王子一样，手捧着一大束玫瑰花，大步向她走来。在金色阳光的照射下，他白皙的脸，像一块上等的白玉，那光芒刺得青玉喘不过气来。他把花向天空一抛，伸出双手，抱着青玉。他的头缓缓地俯下来，那样清晰俊美的脸，在眼前缓缓放大，青玉血液流转得太迅速，心跳跃得更快，就要幸福得晕过去。

可惜，闹钟刺耳的声音像是要故意扰人美梦。

就算青玉假装听不见，可是梦却不配合她了，花也没有了，杜衡也没有了。青玉睁开眼睛，伸了一个大懒腰。

可能年纪大了，居然还做起了春梦，丢人丢到姥姥家了。青玉羞羞地想。

摇摇摆摆地晃进卫生间，莲蓬头下冲了几分钟后，就又想起那个白皙如玉的美男子。

"啊！"

这么多年，梦常常做，可从来没做过春梦。青玉赶紧用水淋淋自己的头，然后一边擦着沐浴露，一边摇头晃脑地唱着歌。

"不明白幸福到底是什么，幸福就是，该结束的时候，不再强求。在你应该珍惜的时候，学会别无所求。幸福就是去包容，却从不会遗忘自我，懂得爱自由才更加辽阔，曾为谁执着，也为谁失落。为谁画你生命的轮廓，爱没有对错，错过才解脱……"

浴室里唱歌，很容易突显歌喉，总会让人自信心膨胀。青玉有时候想，为什么没有星探挖掘自己？如果她去参加超级女声，会不会比玉米还火。不，她应该参加中国好声音，说不定还会被那姐看重，做起关门弟子。哈哈哈哈，青玉无比自恋地漫天空想。

刚刚冲洗好，手机就响了。青玉赶紧擦干身上的水，在手机响了第三遍的时候，成功地接通了。

"喂，您好，请问你是？"看着陌生的号码，青玉很礼貌地问着。

"十分钟内，楼下见，我是宸太子。"冷冷的声音从手机那头传过来。青玉瞬间凌乱了。天啊！这是什么节奏。

即便不爽，青玉还是决定赶紧收拾，生怕一不小心得罪这个大人物。

青玉用了军训都不曾有的速度，总算赶上了。只可惜，头发还是湿湿的。青玉到楼下，就看到一辆不知道什么牌子的车停在那儿。

以他这样的身份，开的车怎么可能差，青玉不由得想到。

青玉不乐意地敲了敲车窗，宸太子摇下车窗，一脸嫌弃地看着青玉。

她盯着他的脸，默念三遍："他不是人，不要和他计较"。

然后毕恭毕敬地说："请问太子，有什么事情这么着急？"

他深锁着眉头，嘴巴翘得高高的，不开心地说："能不能把你的形象搞一下。"

这句话不说还好，越说越让青玉觉得生气。

青玉假装无辜地说："刚洗好澡，就接到您的电话，不敢耽误您的大事，只好这样下来了。如果您觉得眼睛看着我，太侮辱您的话，您可以找漂亮一点的，我也好去整理一下我的仪表。您觉得怎么样？"

他瞧了瞧青玉，啧啧地砸嘴巴，简单说了句："上车。"就不再看青玉。

青玉努力深呼吸，劝自己，忍。青玉告诫自己，心有多大，快乐就有多少，包容越多，得到越多。更何况，旁边这个28岁的大男人，就是个被宠坏了的大孩子。

坐到车里，手离开刚系好的安全带，他就敞开车篷，飙起车来。青玉终于明白速度与激情里面的这句台词："当我飙车到100码以上的时候，才知道什么叫自由。"

夏风吹在脸上，暖暖的，青玉湿淋淋的头发，随着夏风飘扬，散在空气中的水珠，在晨光的照耀下，熠熠发光。

青玉想象着自己头发的随风飞舞，此刻必然像章鱼缠绕在一起的触手一般。她愤恨地看着宸太子，看着他狡猾的眼神，得意的笑容。青玉恨不得分分钟掐死他。

如果眼神能杀死人，不犯法，青玉一定是第一个用眼神杀人的人。飞快奔驰的土豪级别的跑车，超动感的电子音乐，一个光鲜亮丽的帅哥，外加一个梅超风，必定会成为今日的头版头条，更何况主角还是赫赫有名的宸太子。

青玉想死的心都有了，索性闭上眼睛，听着喧嚣的音乐，享受这夏风。虽然昨晚做了一个美梦，但是睡眠时间太短了，在这样的车速下，青玉还是睡着了。

啪的一声，青玉感觉自己被猛地抛起来，然后再被狠狠地扔下去。等感到疼痛慢慢张开眼睛的时候，入眼的竟是橙黄色的天花板，再看四周，居然在床上！对！床上！

站在床边的就是那个宸太子。青玉害怕地缩了缩身体，慢慢地往后面缩。他倾身上前，白了一眼："本想让你体验一下什么叫作车技，谁知道你这女人，不懂欣赏，居然睡着了。怎么喊都不醒，只好勉为其难，抱你上来了！"

青玉害怕地咽了咽口水，眼睛盯着宸太子，一动也不动。宸太子看青玉眼神里的防备和恐惧，他低沉沉地笑着："我对你不感兴趣！"说完，宸太子突然站起来了，收起了表情，冷冷地说："给你十分钟，我会找人帮你收拾仪表，从今天起，你就不必去集团上班了。在我身边有一个项目需要完成，完成了，你再回去。"

说完，他就走出了房间。

他走了之后，就进来了两个人，速度很快，摆好工具就开始折腾青玉的梅超风发型，然后又开始折腾青玉那张如花的脸。青玉憋着气，努力地忍着，却偷偷地在心里一直骂着宸太子。什么破太子，仗着有钱的爹，就这样对人，公报私仇。

不过的确该钦佩这些化妆的人，短短十分钟，就把青玉打扮得和刚才完全不同了。刚想说声谢谢的时候，房门又被打开了。青玉冲着门口的人，破口大骂。

"你不懂得男女有……"

"别"还没说出口，就咽了下去。

进来的杜衡一脸担忧地看着青玉，青玉的视线碰到他温柔的眼神，顿时觉得所有的委屈都没有了。

还好，在这个集团，有个人是关心她的。

青玉慢慢地走向杜衡，杜衡突然开口说："你最近可能要待在宸太子的盛林酒店，帮他完成一个项目，不懂的，需要帮助的，记得找我。我走了，你好好照顾自己。"

说完他就转身离开了。

看着他匆匆离开的背影，青玉的眼泪突然就出来了。

杜衡，你是不是也有很多无奈，青玉不会怪你，你不必歉疚。

青玉在想，她怎么忍心让那样的男人，露出难过担忧的样子。难道就因为宸太子吗？青玉叹了一口气，低下头，这个世界是现实的，人活着就是有很多困难和无奈，不然活着的意义在哪儿？

跟在杜衡后面的宸太子看到刚才的那一幕，心里不自主地烦躁起来，连他自己都不曾察觉。

"收起你那张楚楚可怜的脸，我可不是他。打起精神来，这个项目很重要。"宸太子的声音突然响起。

青玉抬起倔强的脸，冷冷地说："到底什么项目，赶紧说，我也能提前做准备。"

宸太子双手插在口袋里面，静静地看着青玉。青玉回了一个很灿烂的笑，笑得很假，明眼的人都能看出她在强装坚强。

宸太子就像没看到她那面具下的真实，转身就往外走，青玉只好跟在他后面。他的步子很大，青玉穿着高跟鞋，跟在后面都要带着小跑，青玉第一次有点理解为什么女孩子非要穿高跟鞋。

他突然放慢脚步，青玉心里还在想，是不是他良心发现，知道尊重女生了，也不是传闻那样的冷血啊！可当青玉差点撞到他后背的时候，才发现，是这个男人停下来了。

青玉站在他身侧顺着他的眼神看过去，大厅的对面，有一个很年轻、很时尚的女人，长得有点像范冰冰。可是，这女人右手还牵着一个小孩，小孩很可爱，眉目长得很像这个女人。

青玉感受到他身上淡淡的忧伤，难道刚才不是因为良心发现才放慢脚步？难道他是因为她？那为什么以他的身份居然会为了一个女人而停步，甚至呆呆地看着？他身上的那份忧伤是不是因为这个女人。青玉心里居然泛起了酸楚，她自己都不知道因为什么。

她突然心疼这个男人了！

青玉站在他身侧，余光中的他，那样安静，不曾紧皱眉头，不曾有不符年纪的幼稚。青玉接着又看向那个女人和小孩，女人和小孩估计是在等什么人，这个女人时不时和小孩说着话，看着他们脸上的笑容，青玉在想，她应该是幸福的吧！

他似乎感觉到青玉的一系列变化了，突然转过头来，正好迎上青玉的视线，看得青玉心里有点发虚。

"风太狼，人像风筝，需要蓝天还有命运之神，把往事搞丢的人，能找到新的完整，谢谢你光临我的梦，放我的心狂奔，张开眼，天地很宽，似乎我们都是一个人，对不起，梦很小声，听仔细了，未来没有分身……"他的手机铃声响起，这是付辛博的歌，《我一个人》。

青玉以前有段时间特别爱听，没想到他居然用的是这样的一首歌做手机铃声。想必，他也是风中孤独的一匹狼。

　　他似乎没有接电话的意思，青玉很小心地提醒着："你还是接电话吧，万一找你的人，有很重要的事情。"

　　他神色淡然地看着青玉，没有说话，他的手机还在响着。青玉慌忙地将视线从他身上移开，这男人真的好讨厌，他的眼神那样坚定，不似往时，却给人不同的感觉。

　　"你去6楼的总统商务套间等我。"

　　青玉听到这句话，就像得到了释放令，转身就快步地离开，再待下去，都不知道会发生什么事情！

第十一章　有朋自远方来

青玉到了6楼，在楼层负责人的带领下，进了总统商务套间。好奢侈啊！看着像宫殿的房子，青玉觉得有钱人的生活就是不一样。

看到软软的沙发，青玉感觉自己好累，直接坐了上去，反正宸太子他一时半会儿，是不会来的。青玉赶紧趁着这个时候，好好休息一下，做好战斗准备。

这时，门口传来一阵脚步声，听声音是女人高跟鞋的声音。

"请问是凌青玉小姐吗？"甜美的声音，让青玉都觉得舒心。

青玉站了起来，点点头，笑着回答："是的，你好，请问找我有什么事情吗？"

这个女孩穿着酒店的工作服，牌子上写着客房部经理朱锦。她圆圆的娃娃脸，肉嘟嘟的小嘴巴，很可爱，给人一种舒服的感觉，挺适合她这份工作的。再刁钻的客人，看到这张脸，也不会有什么怨言了。

她冲青玉笑了笑，和气地说："我们总经理说了，这次有一位脾气古怪的艺术家要到我们这里休息，希望凌小姐能够配合我们让这位脾气古怪的艺术家住得舒服，而且必须拿到艺术家的题字。现在，全酒店的人都在为迎接这位艺术家做准备。"

青玉不可置信地看着客房部的经理。

"这就是宸太子说的重要项目？这就是他非要做的事情？"

可能是青玉吃惊的神色吓坏了客房部的经理。

她吞吞吐吐地说："难道凌……凌……凌小姐不知道，如果这位艺术家能够画一幅画挂在我们酒店，那我们可以在酒店新的项目文化传承里面开展一个交流会，这样……"

大概的意思，青玉算是听明白了，无非是找一个活招牌。这个社会谁不爱钱，为什么不用钱来解决。青玉心里郁闷了一会儿，倒也不追问下去了。大概有名的艺术家都爱装清高吧！正因为怪，才更加出名吧！

青玉不去想，亦不想去评论艺术家，只是有点饿，早饭至今还没吃。她心里更加恼火，她一个文科生，只能编辑点东西，策划一下，哪里能做这样大的事情啊。更何况自己都不知道这个艺术家是谁！

她心里一阵烦躁，坐立不安。

客房部经理看青玉不打算交流下去，也就什么都没说就走了。青玉无聊地一边玩着手机，一边等着宸太子。

快到9点半了，才见到宸太子，他脸上没有一丝忧伤。应该说是很认真、很冷酷的样子。他走进来，看都没看青玉一眼，直接坐到他的宝椅上，开始办公。

谁说认真工作的女人最美，青玉觉得认真工作的男人才叫美。他的美和杜衡的美是不一样的。杜衡是温文尔雅的君子，宸太子就是高高在上的王者，虽然还不够成熟，那股气场却无法让人忽视。

全酒店的人都在为这快要来的怪艺术家而忙碌着，唯独青玉，整日就在套间里面，无所事事，似乎宸太子遗忘了当初带她过来的原因。

青玉几次想开口问，可是看到他忙着准备的时候，又不知道怎么开口。

前几天，一旦青玉在套间里走动的时候，就看到他眉头紧锁，一脸不高兴的样子，她索性就不乱动。

大抵是艺术家真的要来了，宸太子这几天明显忙碌了起来，青玉也开始像陀螺一般忙着负责接待的事，当宸太子将他们近一个星期准备的策划方案交到青玉的手里时，青玉感觉到泰山压在身上，让她连呼吸都觉得是在浪费时间，她不停地看着艺术家的资料。

原来这次迎接的是著名艺术家余中，据说他年近花甲，从未收过谁做徒弟。他有四绝：一绝书法，自成一体；二绝绘画，自成流派；三绝好酒，人称酒圣；四绝脾气，古怪孤僻。很少有人直呼他的名字，都尊称他为余老。他从不卖自己的字画，艺术家的字画，金钱不能衡量，这也就是为何很多人挖空心思，只为他的题字，或者一句好评。只可惜这个老头，什么人的账都不买。

青玉看着那堆积很高的材料，脑袋不停地转动着，迎接方案是专门针对余老设计的，确实很吸引人。按照余老的兴趣爱好，是一场非常细致的准备，环环相扣，没有任何一个步骤有失误，可是青玉总觉得缺什么，但怎么也想不出来，缺的到底是什么。青玉喝着速溶咖啡，已经不记得这是第几杯了。

这时，电话铃声响起，青玉拿过手机，原来是杜若。她们快一个星期没联系了，青玉接通的时候，心里很欣慰，在自己特别累的时候，就是想要个肩膀，而杜若就是及时雨。

"最近死哪儿去了？"

青玉听到杜若的第一句话，就活过来了。

"忙一个大项目，这个大项目就是征服一个搞艺术的老头。"

"要我说，青玉，你自己去找这个艺术家，保管用。哈哈哈。"

"为什么啊？"

"有朋自远方来，不亦乐乎！你也算艺术家了，你去，他肯定喜欢。"

"杜若，你就瞎扯吧！我还是赶紧想想方案有什么需要补充的。余老明天就得到了！"

"那你忙！"

"嗯，拜拜。"

"忙好了，记得请我吃饭！"

"知道了啦，你都是资产阶级了，还要继续剥削我？"

"那是必须的！"

青玉直接把电话挂了，这丫头故意气人。不过经过她这一搅和，青玉觉得心情好多了，不是太疲倦。她拿着材料，走到窗前，反复地想着，既然有四绝之称，那么就应该从这"四绝"入手！

她记得有一次看到宸太子一直认真背着余老字画的创作时间、名字及风格，还有创作背景。还有酒，酒店什么酒都有，连珍藏很多年的好酒，都被宸太子从地窖里面，请了上来。

方案上也写了很多品酒的时候用的器皿。青玉想到这儿，快速翻阅，什么类别的酒都有，唯独没有青梅酿制的酒。对，水果酿制的酒。酒店存放的西洋酒倒是很多，中国风的酒，却是少之又少。

想到这儿，青玉立刻拨通她妈妈的号码，青玉妈一听说青玉需要家里存放的梅子酒的时候，当即表示，先把前年雨后酿的梅子酒，贡献出来。

其实，青玉也想借这个机会尝一尝，自从凌爸爸去世，青玉再也不曾喝过。如今，想到那入口有股酸甜的梅子酒，是那么的诱人。她咽了咽口水，合上所有资料，躺在沙发上，渐渐进入梦乡。许是太累的原因，宸太子的到来，青玉都不曾有任何感觉。

宸太子无语地看着青玉这家伙，就这样睡着了，半点淑女的样子都没有！他用手指点了点她的头，青玉呢喃着："别闹，好困。"

他看着她安静的脸，心里闪过一丝不忍，这样的年纪其实才是最宝贵的吧，大学刚毕业的半成熟，刚踏入社会还留有的半幼稚，都让青玉这张脸显得异常吸引人。只有这个傻瓜，从来不认为自己有什么吸引力。他的手，慢慢滑过她白嫩嫩的脸，长长的睫毛一颤一颤，呵气如兰，淡淡的女子之香，那样诱惑人。熟睡没有戒备之心的青玉，像熟透的苹果，让人恨不得摘下，吃掉才安全。

宸太子被刚才的念想给吓住了，像遇到瘟神一般，快速抽离他的手，站了起来，脱下穿在身上的西服，温柔地盖在青玉的身上，便大步离开。离开的时候，还不忘提醒所有人，不许告诉青玉，他曾进来过。

第十二章　猫追老鼠

青玉从睡梦中醒来，盖在她身上的西服从她的身上华丽丽地着地。她看着被自己弄掉在地上的西服，一下子从沙发上坐了起来，环顾四周，似乎没有人。那刚才谁来过？这件衣服好像是宸太子的吧！青玉脑海刚闪过这样的念头，就在瞬间扼杀掉，她不会相信，那爱找她麻烦的人，怎么还会关心她？

如果被他看到她不去干活，在这睡觉，估计一盆冷水就从她的身上滑过了。青玉站起来，伸了个懒腰，把衣服小心地折叠好。门被推开，青玉顺着开门声，向外看去。

原来是宸太子的助理，李光。

李光，45岁出头，留着典型的板寸头，一身黑色整洁的西服，一丝不苟。据说，李光这个人是经济学博士出身，35岁就进了天辰，起初是跟着郝天，后来成了宸太子进入商场的老师，他和宸太子亦师亦友。

青玉很尊重这样有才华的人，看到李光，都是很恭敬的样子。她双手叠放在身前，站得很直。

李光走到青玉跟前，很尊敬、很有礼貌地说："凌小姐，从这一刻开始，我将成为你的助手，无论你用什么方法，我们天辰酒店，必然拿下余老的题字。需要帮助的地方，尽管开口，只要我能做到的，我必然全力以赴。"

青玉还没有从震撼中反应过来。李光配合我？这是赋予自己多大的权力啊？李光似乎察觉到青玉的惊讶，和气地笑道："凌小姐，千万别不好意思，我也只是世宸的一个助理而已，论年纪，我比你长，可论实力，除了商场，文学的东西我一概不明，所以对付余老那样的怪脾气，或许只有你，才能完胜。你就放心地去做吧。"

李光脸上的认真程度和信任的眼神，无不让青玉下定决心，好好工作，拿到余老这个大客户。因为这里面承载了很多人的希望。

青玉坚定地对李光说："竭尽所能，必然拿下这个无形招牌。"

李光显然很满意青玉的表现。

青玉有些受宠若惊，虽然心里多少怨恨宸太子剥夺自己的自由，不过在用人这一点上，宸太子还是比较宽容大度的。正所谓用人不疑，疑人不用。姑且不谈是不是因为青玉是文科生才让宸太子决定将项目交给她去实施，还是故意刁难青玉。最起码，青玉知道了做公关并非是一件简单的事情。

在李光的帮助和指点下，天辰集团旗下的天辰酒店，布置得很有艺术感。尤其给余老安排的总统房，主题就是中国风，简约，复古，不失庄重。为了迎接余老，还准备了超高水准的一场晚会，光晚会的彩排就花去整整一天时间。

就在万事俱备，青玉他们去机场迎接余老的时候，才得知，早在两天前，余老已经抵达了 A 城。

站在机场里的青玉和李光，瞬间惊呆了。青玉心里又苦闷又惆怅，但是她没有怪余老的意思，毕竟是因为他们把精力都花在如何布置场所和晚会上，忘记关心余老的行程了。

李光不自主地望向青玉，惊讶于青玉的反应，心想，这丫头还是有点能力的啊，居然在这样的年纪就有如此平和从容的心态，倒是难得。自己也是经过长达 5 年的磨炼才能遇突发的事情，从容，不愤怒，不埋怨。

青玉深吸一口气，没办法，这时候，最要紧的是找到余老所在的地方。青玉突然想到，余老的第四绝就是怪脾气。如果按照邀请入住天辰，或者按照行程，那岂不是不符合他的作风。或许，余老在两天前就自己到了天辰，说不准，已经把天辰酒店转了个遍，更说不定，偷偷躲在什么角落，看着青玉他们为了他而忙得热火朝天。

　　那要找到他，必然也很简单。这是一场猫捉老鼠的游戏，只可惜刚开始自己就被耍了。真是个老顽童啊！

　　青玉心情突然舒爽起来，现在游戏规则将由她定。

　　李光不知道青玉有了对策，只当这姑娘有一颗看得开、放得下的心。

　　李光知道就算这段时间功夫全白费了，对酒店也没有实质性的损失，只是少了一个更好的发展机会，但是酒店再拼个一两年，也不是达不到那样的辉煌，只是少了条捷径。

　　等到他们回到酒店，去宸太子办公套房，开了门，只见他端着一杯红酒，站在窗前。青玉看着他那英挺的背影，心里为自己默哀了一分钟，但愿他不要冲自己发脾气。

　　"不管你们用什么方法，掘地三尺，也必须给我找到人，留下题字。我要在下半年内收益翻5倍。"

　　她听到他那坚决的语气，无奈地看向站在旁边的李光。李光时刻保持恭敬的样子，这让青玉不得不佩服。李光算是宸太子的老师，却依旧保持下属对上司该有的态度，这一点让青玉受益匪浅。不过，她自己也不敢百分之百地说，余老就在天辰酒店，这只是自己对他作风的一个猜测。索性也不汇报，也不需要更多的人知道。倒不是青玉想表现自己有能力，而是怕一个不小心，好心做坏事。

　　从宸太子房间出来，李光和青玉就快速招来客房部经理、美食部经理、大厅经理、行政经理、财务经理开始新的一轮会议。

　　期间每个人都发表了个人看法，许是青玉太过年轻，虽然安排了李光协助，但这几个有经验的经理，打心里是瞧不起青玉的。青玉心里也明白，也在考虑是不是该说出自己的猜想。可是看到他们眼神中明显的不信任，还有鄙夷，就忍住了。这场会议，在争吵中进行。李光瞧着青玉，备受打击、茫然失措的样子，不禁想，这个孩子毕竟还是太年轻。

　　青玉坐在椅子上，拼命地思考着，想了近百种揪出余老的方法，却在下一个想法出现的同时，自己否决了自己，就没有开口。而余下的人，看青玉连话都不说，更是觉得她不够成熟。

青玉决定还是从余老的四绝入手，从酒入手，想必是最容易的。她说干就干，立马起身准备去美食部，连招呼也没打，整个会议室充满了谴责声。还好，李光在，镇压住了混乱的场面。

绕过长长的弯道，青玉来到了酒店最豪华，也是最名贵的地方：品酒室。这个品酒室，有个很优雅的名字——琼浆玉液楼。

青玉看着酒架上的酒，这里的酒，不按种类分，而是按酒的年纪分。所谓酒，是越久越醇香，闻着清新的酒香，酒量小的，基本是不建议到琼浆玉液楼来的。曾有个不能喝酒的人，因为在这个阁楼待了一小时，回家睡了整整一天，闻着酒香都醉了。青玉庆幸自己有个好爸爸，爸爸可是好酒之人，他的父母，经常酿酒。

青玉看着酒架上的酒，心情出乎意料的好。如果，爸爸还活着，自己一定要带着他到这里欣赏品尝一下。

琼浆玉液楼是没有服务员的。真正懂酒的人，自然会选择好，然后付上相应的钱，在这个阁楼或者其他地方找个位置，独饮也好群饮也罢。只要能喝到，想必就是最快活的事情吧！

"小姑娘，你喜欢酒？"

青玉闻声看去，一个中老年男人，端着玉器做的酒杯，懒懒散散地坐在酒架后面的地上，看来是喝了不少的酒。青玉看着他乌黑发亮的头发，和那双不符合年纪的手。按照他脸上呈现的样子，应该是50岁左右的老人。只是那双手，出乎意料的白嫩。她觉得在哪里见过他，有种很熟悉，很异样的感觉。尤其那双眼睛，特别像一个人。

世间会有如此凑巧的事情？这也太狗血了吧！不过，青玉曾仔细看过他的照片，难道真的是他？

第十三章 上善若水

这个男人看青玉愣了半天，不悦地说："没礼貌的小年轻。"说罢，继续喝酒，嘴里面还哼着小曲。

"桃花坞里桃花庵，桃花庵下桃花仙。桃花仙人种桃树，又摘桃花换酒钱。酒醒只在花前坐，酒醉还来花下眠。半醉半醒日复日，花落花开年复年。但愿老死花酒间，不愿鞠躬车马前。车尘马足贵者事，酒盏花枝隐士缘。若将富贵比隐士，一在平地一在天。若将花酒比车马，彼何碌碌我何闲。别人笑我太疯癫，我笑他人看不穿。不见五陵豪杰墓，无花无酒锄作田。"

青玉拿起一个仿制的觥，拿了一壶存放了30年的女儿红，心想赌一把。真的没猜错，就让宸太子报销。假如错了，就当千金换好酒，自己也不亏。只见她拿着女儿红，一屁股坐到了这个中年男人的旁边，一边倒着酒，一边念叨："我姑酌彼兕觥，维以不永伤。"

她抬起酒杯，敬了这个男人，然后一饮而尽。

这个男人似乎来了兴致，将玉器的酒杯递给青玉，笑呵呵地问："你看这个玉器，你若能猜出它的来历，我就把它送给你。"

青玉看着他眼神里面玩弄的意味，心下更相信，这个男人就是余老！这家伙，果然怪脾气，自恃才华，自视清高，玩弄自己一个小女子。

她一杯女儿红下肚，肚子里火辣辣的，不过齿间还是留着醇香，所以说酒这个好东西，喝就得要懂酒。不过此刻青玉的心情，却无比忧伤。忧伤什么？忧伤自己家里存放的那坛女儿红，存了二十几年，说好等自己出嫁回门的时候，开坛畅饮。可是，当初说要畅饮的人已经不在了。说好要牵着她的手，将她交付给另一个男人的他，却早早离开了。青玉为了不让自己流泪，不在外人面前悲伤，立马又倒了一杯，一饮而尽。其实，白酒就像茶一样，豪爽的喝法是一饮而尽。但这存放三十几年的女儿红，其实该慢慢品，才更有味道。

这个男人看不懂青玉这般豪饮，更是读不清楚她眼睛里的忧伤。

"小姑娘，你到底猜不猜？"他有些不耐烦了。

青玉等的就是这个时刻，对别人好奇，就该沉住气。他自然也会对你好奇的事物更加好奇，比的就是耐力。青玉还是不搭话，继续品着酒。

这男人看着她红彤彤的脸，还有那忧伤的眼神，心里不耐烦了。明明玩游戏自己就没输过，好不容易遇到个聪明的主，居然这般耐得住性子。这男人，猛地一口，将杯子里的酒喝下去了。

她知道，时刻到了，就问："余老，你第三绝是好酒，你觉得最珍贵的酒是什么？"

这男人一听青玉的话，配上她那诚恳得不能再诚恳的眼神，余老心里不得不佩服这孩子的勇气，颇有他当年拜师的厚脸程度。他哈哈一笑，伸手把假发套给拿了，还露出孩子的笑容。

"假发套太热，拿了最好，我还是喜欢我的光头，这样看不出白发。"

她想着，余老就像周伯通，直率。说他怪脾气吧，大抵是不买有钱有势人的账才会被传出脾气古怪的吧！

"小姑娘，你告诉我，最珍贵的酒是什么酒？"余老颇感兴趣地追问着青玉。

青玉似乎要吊足余老的好奇心，闭口不谈，继续倒着酒，浅浅地小酌了一口。

"小姑娘，你倒是快说啊？我喝过很多好酒，却从来不觉得有什么先后顺序，你说的酒到底什么啊？"余老像孩子一样冲青玉撒娇。

"是不是素有液体黄金之称的贵腐酒？"

"错。"

"那是不是国酒茅台。"

"错。"

……

余老把能举出来的名酒都说了个遍，偏偏都被否定了。

他的心情前所未有的纠结，挖空心思地寻找答案。可是青玉依旧淡然地喝着酒。余老，也不说话了，就认真地思考着，究竟答案是什么？

青玉看着余老那愁眉苦脸的样子，觉得卖关子也得适可而止，便开口回答："是水。"

"什么？你耍我！"余老听到青玉的答案，气得跳了起来。

"上善若水，余老，我觉得最名贵的酒就是水，难道有错吗？"青玉很自信地解释道。

余老脸色明显好看一些："噢？那么你倒是说说，为什么最昂贵的酒是水。"

青玉看着余老脸上的不服气，就知道，今天不说出个所以然，想必他是不会罢休的！

"上善若水，人生的不同境界。调酒师是不是会加冰块，冰镇一下酒？冰是水的一种，坚若钢铁，百折不挠。水入酒，煮酒时，化成气体，聚气凝香。水能净化酒中沉淀，有容乃大。酒是烈性的，水，以柔克刚。水能化酒，酒能化水。水既可以是冷的也可以是热的，可以救济天下，人生如酒，酒如水。这不是最珍贵的酒吗？"青玉醉醺醺地解释着。

余老沉思一会儿，仔细端详着青玉，一脸敬佩。想当初，自己像她这般年纪，估计是不会明白上善若水的人生境界，更不了解酒中的人生。余老算是打心里佩服这个丫头。其实，余老心里明白得很，这丫头显然是专门研究过他，不过他之前很反对别人研究自己的作风，如今被一个小丫头关注着，余老心里甜蜜蜜的。像他这般年纪的朋友，都是子孙满堂，唯有自己到如今都是孑然一身。不为别的，只因为当初的错过。

如果当年的他，能够明白包容和以柔克刚，或许如今的他，也该是子孙满堂。他幻想着，说不定自己也会有这样可爱又聪明漂亮的女儿。青玉在旁边越喝越上瘾，居然把一坛女儿红都喝了。说大不大的坛子，可也有一斤多的女儿红了。余老有些惊讶，这个小姑娘竟然如此能喝！不过，她倒真的把酒当成水了。

余老推了推昏昏沉沉的青玉，青玉也不搭理，甜甜地入梦乡了。他只听到她不停地呢喃着："爸爸，爸爸。"

看来是醉了，余老无可奈何地帮她结了账，还扶着她。由于他不知道青玉的住址，就扶着醉醺醺的青玉，慢慢向外走去。青玉虽瘦，可是这个时候的青玉重心都在余老身上，毕竟余老是真的老了，没走到门口，就已经气喘吁吁了。

这时候，手机铃声响起，余老将青玉慢慢扶到门口，然后拿过青玉的手机。手机号码显示的是妈妈。

"阿玉啊？什么时候下班啊？妈妈带了梅子酒，想喝吗？"

余老听到梅子酒，眼睛瞬间亮了，难怪小丫头年纪轻轻就敢喝白酒，还这样能喝，对酒的理解不落俗套。看来这次受邀过来，倒是有很大收获啊！

"你好，您是阿玉的妈妈吧！我是阿玉的朋友，阿玉喝醉了，我马上送她回家。别担心，把您的地址发给我，我这就送她回去。"

"好的，好的，朝阳路凤凰栖梧小区，9栋10楼。拜托你了。"

"嗯嗯，好的！"

说完余老就把电话挂了，这丫头，看来不简单啊。余老仔细瞧着青玉的眉目，恍若脑海中的她。余老唾弃了自己一把，多少年过去了，怎么还念念不忘啊！

第十四章　郎骑竹马来

　　到了凤凰栖梧小区，余老推了推青玉，青玉揉了揉眼睛，睡眼惺忪地伸了懒腰，看向窗外，一下子清醒了一半。青玉眼睛瞪得大大的，似乎想努力看清楚，这儿是不是自己住的小区？余老看着青玉不敢置信的样子，开怀大笑。开了车门，下车后，径直向里面走去。青玉也赶紧跟上去，但由于喝了点酒，走路有点晃晃的。

　　等到了门口，青玉妈妈开了门，迎接了他们。余老一进门，把青玉放在沙发上，就嚷嚷着要喝青梅酒。都说喝酒的人，鼻子特别灵。这不，余老进去就直奔有酒的地方，不客气地打开酒壶的塞子，深吸一口。

　　青玉一脸无奈，余老这才意识到自己反客为主，余老再不顾他人眼光，也不由得老脸一红。他用右手抓了抓头，呵呵笑了起来。青玉酒醒了许多，但头还是昏沉沉的，不过还是坐下来，陪余老再喝几杯。

　　毕竟对于一个爱酒的人，这种家里配方酿制的酒还是那么香醇，那么吸引人。

　　酒过三巡，余老脸色红彤彤的，眼睛里闪有泪花，竟忧伤地问："阿玉，这酒是谁酿的？酿酒之人还在吗？"

　　青玉眼睛有点迷离，听到余老的话，顺口回答："我奶奶有秘方，教给我妈妈，这是我妈妈酿的酒，不过里面多了一道工序，是我爸爸，爸爸加的……"还没说完，酒气上来，青玉居然趴下来，睡着了。

　　余老听到这话，心里扑通扑通地跳，使劲地摇着青玉，想让她起来，说明白些。青玉妈妈拦住了余老，细声细语地说："阿玉喝醉了，都是自然醒。

你再摇，她也不会醒过来的。"

余老抓住青玉妈妈的手，颤抖的声音，格外忧伤。

"她奶奶是不是殷苏真？他爷爷是不是凌云书？"

"您怎么知道？"

"难怪！难怪！只有她才会在青梅酒里面加竹叶青。"郎骑竹马来，绕床弄青梅。"可惜，可惜。阿玉原名叫什么？"

"她叫凌青玉，他爸爸凌铸。"

"苏真，现在好吗？"

"妈妈已经去世五年了，爸爸在妈妈去世两个月后，也走了。"

余老居然哭了起来，像孩子一般号啕大哭。这让青玉妈妈手足无措，劝也不是，不劝也不是，怎么忍心让这么大年纪的人，如此动情地大哭。青玉妈妈坐下来，倒了一杯酒递给余老，说道："妈妈死前，交代我们，假如有一天，有个老人，知道她离开，哭得特别伤心的话，那就是余中老先生，让我们务必对您说声抱歉。"

余老听到青玉妈妈淡淡的语气，心里有股说不出的悲伤。

有些人，一次无意的错过，有可能就是一生不能在一起。有些事，一次无意的误会，有可能一辈子就只剩下回忆。虽然，内心还是爱得那样深刻，却为她更好而放手。一段感情，错过了，就放下吧，不要对过去的归属感，耿耿于怀。多年后，她依旧有自己的幸福。这大概就是人感情的脆弱吧。可余老却不一样，他不愿意将就，更不愿意打扰她的幸福。

或许，余老的终身未娶，大概就是因为，后来遇见的人都不如她好。苏真和余中是青梅竹马，可是，却不能相爱到老。

余老擦了擦眼角的泪，看着青玉，难怪这丫头喜欢酒；难怪这丫头，眉目那么熟悉；难怪这丫头，身上的气质，不一般。也难怪天辰集团的老狐狸，让她负责这个项目。看来自己真的要题字，真的要签下那份合约。只有集团内部的人，才知道，这次迎接他，可不是单单迎接一个艺术家啊，更是因为他手中那百分之五的股份。

余老叹息一声，正色道："青玉不知道自己的身份吗？"

"不知道。她爸爸去世的时候，我们都不在他身边。可我知道，他一直都在我们的心里。我尽量让自己生活和以前一样。因为这样，他才会走得安心。"

青玉的妈妈说着说着，眼泪就慢慢流了下来，无声无息的泪水，让本来恢复平静的余老，再一次湿了眼眶。

余老本是天辰集团当年最有话语权的持股人之一，和青玉的父亲认识完全是因为青玉的奶奶苏真。

两人青梅竹马，却有缘无分，但余老一直像对待亲生儿子一样对待青玉的父亲，直到那次青玉的父亲为了救一个失足的少年，跌落山崖而死。余老不愿意再提起自己在天辰的股份，也不愿意再提起曾经的那段往事。

余老站了起来，从脖子上摘下一块玉，这块玉通透有色泽，一看就是上等好玉。他把玉放到青玉妈妈手里。

他很认真地说："最好劝青玉不要去天辰上班，我不想她的后人不幸福，简单就是幸福。这块玉给你，你以后交给青玉，任何事情，都可以来找我。记住，告诉她，幸福就好。"

说罢，便黯然离去。

青玉妈妈抚摸着青玉的头发，低语道："所有人都不支持你去天辰，可是，你却一心想去，难道这就是你的命运吗？"

熟睡的青玉，乖巧的脸上，露出美丽的笑容。或许，这一次，青玉是对的。

第二日，太阳都晒到午后的大树时，青玉才从酒精中苏醒，醒来第一件事情就是赶紧找余老。她妈妈按住了青玉，灌了她一大壶醒酒茶。

坐上了上班的公交车，青玉内心是忐忑不安的。虽然，她妈妈告诉她，余老答应青玉喝了梅子酒就一定题字，可是生怕余老是酒后瞎承诺，今天酒醒，说不定就忘记了。青玉埋怨自己，怎么不少喝点，让他题字，再给他喝。

不曾想，到了酒店，余老不仅仅题字，还赠送了百分之五的股份给集团，但前提是留给持玉的人，在这个人，没有拿玉来交换股权的时候，由天辰集团的宸太子暂持股份。

青玉一下子成为茶水间同事们的讨论话题。很多人一致认为青玉把余老灌醉，然后拿下了余老的题字。面对流言蜚语，青玉的心，就像被撕开一样。但青玉没有申辩，她觉得这些流言蜚语应该留给时间，时间会淡忘一切。

她去集团的资料室，想找点书看。到了资料室，她走在书架中间，看着那么多的书，一时间，难以抉择。

"你干吗那么生气啊？"

"你难道不觉得，青玉这个骚货，可能会成为宸太子的专职秘书吗？"

"怎么可能，不是说，她和余老上过床了吗？说来也真是的，外界传闻余老不沾任何女色，偏偏就喜欢她这种货色。"

"就是，后生可畏啊！不得不服啊……"

青玉蹲了下来，手捂着脸，眼泪不争气地掉了出来。为什么？为什么自己这么尽心尽责地工作，得不到鼓励也就罢了，竟然还有这么多的流言蜚语，为什么？

忽然一双温暖的大手，握住了青玉的肩膀，青玉看到他，还是止不住的泪流。

杜衡一把抱住了青玉，青玉趴在杜衡的肩膀上，不停地哭着。

"我相信你，你不用解释什么。我知道你不是这样的人。"

青玉哭得更凶，杜衡就这样抱着她，两个人都蹲在那个角落里，没人明白，流言蜚语对一个人的伤害有多大。

她哭着哭着，哭累了，哭不动了，却不想离开这个怀抱。青玉心里有个声音，就让自己放纵一次吧，她太想要这样的温暖了。

就这样静静地过了很久，等青玉离开杜衡怀抱的时候，本来蹲着的两个人，都站不起来了。他们的腿，罢工了。

杜衡慢慢地站起来，笑着打趣道："看来甜蜜是需要代价的啊。"

青玉的脸瞬间红了，暧昧的关系，需要一个人去主动。青玉，突然想放纵自己，主动一回，她一边提醒自己，不能陷进去，一边又想靠近这样的温暖。

杜衡看着青玉纠结的脸，不由得笑出了声。他一把把青玉拉进自己的怀里，杜衡双手抱着青玉，青玉挣扎不开。杜衡有力地说："别动，就让我享受一下，这短暂的安静和温暖。"

青玉没有说话，出奇的安静。彼此的心跳声，在一个节拍上。青玉闭上眼睛，默默地数着心跳声。

杜衡慢慢松开青玉，青玉低头从杜衡怀里滑出，杜衡抓住青玉的胳膊，认真地说："凌小姐，让杜先生陪你走完以后所有的流言蜚语，可以吗？"

青玉慢慢抬起头，凝视着杜衡的眼睛，杜衡眼睛里的认真，让青玉不知道该怎么回答。她看着杜衡，心里本能地想逃开。杜衡看着青玉的胆怯，不忍心再逼迫她。拉着她的手，慢慢松开。青玉上前，一把抱住了杜衡。

既然舍不得这样的温暖消失，为什么不好好拥抱着！

她没有想过，自己有一天会这样勇敢。她更不曾想，这一刻的决定，到底是错是对。

杜衡没有再问青玉，因为这个拥抱已经足够说明一切。

第十五章　我是她男朋友

他们的关系似乎并没有确定下来。那次资料室的温馨，谁也没有提及。第二天，青玉顶着所有的流言蜚语，成为宸太子的贴身秘书。青玉始终相信，一切都应交给时间。

青玉自从拿下题字就很少看到宸太子。做了贴身秘书，本以为会24小时被宸太子折磨着，不曾预料到，居然一连两个星期都没有见到宸太子。青玉在办公室里面，煮茶，养鱼，养花，把宸太子豪华的欧式贵族风格的办公室，硬生生地变成了古典风。

今日青玉照旧煮着茶叶，不过心情却格外的好。最近杜衡一直接她下班，送她上班，一起吃饭。而今晚，他们约定好，去看周杰伦的巡回演唱会。

青玉特别喜欢这个吐词不清，歌词旋律却特别动人的歌星。青玉小声地哼着《东风破》。

"谁在用琵琶弹奏一曲东风破，岁月在墙上剥落看见小时候。犹记得那年我们都还很年幼……"

宸太子在进来的时候，就看到青玉安静地煮茶，慢慢地走近她，想看一下，这段时间的冷落和嘲笑，会给这样单纯的女孩子带来怎样的改变。

宸太子心里很是失落，他倒宁愿她骂他，骂他利用她。可是，从李光汇报的情况来看，她没有做出任何抵抗的事情。是不在乎？还是真的很坚强？

他慢慢走近她，站在她身后，听到她哼着《东风破》这首歌，没想到她的声音也很甜美。冷冽的眼眸滑过一丝惊讶，微微闭上了眼睛。

青玉一直哼着歌，突然想起，今天得去调研部，拿一份关于酒店贵宾的回访记录。她刚站起来转身就看到了站在身后的宸太子，吓得跳了起来。

"啊……怎么进来不发出声音啊？还好心脏没问题，不然，准被你吓死。"青玉怒火中烧的眼神，恨不得把宸太子活活灭了。

"这是我的办公室，难道还要请示？"

青玉看着宸太子一脸冷峻的样子，不由打怵，这家伙，没事干吗装冰块啊！

宸太子看了看青玉，面无表情地向他的椅子走去，看到桌子上多出的君子兰，突然停住了脚步。

"谁让你随便动我办公室的？"

青玉心里有一百只羊驼跑过，怎么就忘记这个冷面太子，脾气不是一般的差啊。估计这盆君子兰，得遭殃了。

"办公室……办公室多放植物，对身体好……"口齿伶俐的青玉，居然不知道怎么解释办公室养植物对身体和风水都好，只好呵呵干笑两声。

她的这干笑声，让本来就很安静的办公室，无意间增加了尴尬指数。

宸太子嘴角抽了抽，默许了君子兰的存在。其实，宸太子很小的时候，父母很恩爱，可是出现那个喜欢君子兰的女人后，幸福的家就走向了陌路。所以，宸太子讨厌植物，尤其是君子兰，偏偏自己的贴身秘书居然放了盆自己最讨厌的植物，宸太子的潜意识是排斥这盆君子兰的。可是，却因为她结结巴巴的解释，倒觉得被别人关心也是件幸福的事情。

青玉看着宸太子的背影，内心充满了不安，她忽然记起杜衡提醒过她，不要在宸太子办公室里放任何植物，尤其是君子兰。青玉一副哀怨的样子，责怪怎么那么不谨慎。她小心翼翼地问："那个，那个，要不要喝杯咖啡？"

宸太子忍不住又抽了抽嘴巴，转身客套地说了句："不用。"

青玉看到宸太子客气的样子，很不习惯地笑了笑。然后就出去了。

宸太子看了看办公室的变化，总觉得变得温暖了，具体什么地方变了，他自己也说不出来。他出差的几天，很累，坐下来之后，宸太子在思索着，今晚的宴会是不是也该让青玉一起去。毕竟余老的事情还是青玉解决的。

他立刻拨通了青玉的电话，青玉听到手机铃声，摸索着按了接听键。这刚出来就打电话，青玉在心里鄙视了一下。资本家都是剥削阶级，榨干你的时间。

"今晚的宴会很重要，穿得体面点，和我一起去。"

青玉还没有回答，电话就出现忙音。青玉对着电话狂吼了一句，今晚是周杰伦的演唱会，今晚是和杜衡去听男神演唱的时间，这个资本家，一回来就没好事。内心挣扎了许久，青玉还是决定去参加宴会，毕竟上司的话还是要听的。

在调研室拿完文件后，青玉就给杜衡发了信息，解释了今晚不能去听男神唱歌的原因。杜衡很体贴回复了句，宴会见。

青玉看了短信，心里满满的小幸福。

殊不知，本来为了陪青玉去演唱会，杜衡特意推了宴会，这下子又不得不去。

下班后，青玉盯着衣服犯愁了，穿什么衣服去啊？宸太子说宴会，却又不说什么类型的宴会。万一穿得太不正式就是失礼，万一不需要正式，自己穿得太隆重似乎也会引人注目。青玉只想低调地吃吃喝喝，可不想成为宴会的焦点。

青玉妈妈看到青玉纠结的样子，无奈地说："简单大方就好了，主要是气质。"

青玉点点头，就选择面试时候，杜若送来的衣服吧。穿好衣服，不由得想起，很久不曾联系杜若，彼此像约定好的一般，没有联系。青玉心里一阵难过，还好妈妈在身边，不然这段时间，公司的流言蜚语还不把自己活埋了！青玉心里多少是有点怨愤的，杜若也在集团里面，按照她的性格，肯定第一个冲过来，保护自己。可是，自己等了这么久，连电话都没有一个。明显是有什么事情发生，可偏偏青玉不想主动联系。

带着这个小情绪，青玉到了宴会的地点，天辰集团的五星级会所，资本家真是奢侈。可能觉得自己时常有宴会吧，就索性自己办一个会所，还可以挣钱。青玉站在门口，看着华丽的会所，心里替天辰的大老板发愁，这么高档的会所，得花多少钱啊！

青玉在进去的时候看到了红姐，红姐看到青玉素面朝天，赶紧拉着青玉去卫生间补妆，青玉死命拒绝，她可不想在过会儿吃饭的时候，脸上的妆掉到食物上。红姐看了看青玉的脸，心想，或许，那帮少爷更喜欢这样素颜的美女，也就没坚持。

青玉可没想那么多，她就想着，自己赶快吃饱，然后趁着没什么大事的时候，开溜，说不定能赶过去看一眼自己的男神。

有两个市场部的美女主管，看到青玉虽然没有化妆，可是那条裙子却是不下于两万的LV。她们两个人相视冷笑，其中一个穿着蓝色礼服的女人，手里端着高脚杯，动作很优雅，语气淡淡地说："有些人，就爱装清高，参加这样的宴会，素颜过来，偏偏衣服却是上万。看来，内心闷骚的人才可怕。"

另外一个黄色礼服的女人，赶紧附和道："她可是公司的大人物啊，整个集团都没人能拿下余老这个脾气，偏偏她独受余老宠爱啊！"

她们动作很优雅，声音也很轻，却偏偏是青玉能够听到的声音。青玉知道，这样当面嘲讽的情况必然会发生，也做了心理准备，但心里还是不免有些难过。青玉坦然地倒了一杯酒给自己，一口闷下去。

这两个人似乎不打算放过青玉，一前一后走向青玉，拿着高脚杯，一左一右把青玉包围起来。青玉觉得心里说不出的委屈，不想解释什么。

蓝色衣服的女人尖声地说道，"凌青玉，你也教教我们，怎么征服余老的。我们这是虚心请教，你不理我们是什么意思啊？"

这个声音分贝提高了很多，周围的人闻声都围了过来。本来这个话题就是最近很火的话题。不过很少有人敢在这样的情况下，拿到台面上来讲。

青玉倔强地看着周围投射过来的眼神，其中甚至还有鄙视、瞧不起的眼神。她气得说不出话来，有的时候，不是不想解释，而是解释没有用。青玉像失声一样，不知道说什么才好。这沉默更惹恼了穿蓝色衣服的女人，她和声和气地说道："青玉，你别这样子，不愿意教就当我们没有问，不就好了。我也不对，这可是你的看家本领，怎么可能随便教人啊？再说，你能教，我们也不一定能做得来啊。"

青玉一口气憋在嗓门口，什么叫做不来，把她凌青玉想成什么样的人了？她窘迫地摇了摇头。宸太子看到青玉这边又围了一圈，就让李光去看一下，李光看到这样的情景，想上去帮青玉，却不知道宸太子的意思，便带着小跑去找宸太子汇报。

这两个女子，一直起哄，附近的人都等着青玉解释，青玉走也不是，解释也不是，难道告诉他们，余老和自己喝酒？

一个温暖的手，从后面伸过来，一把就把青玉拽了过去，大声地说："她，凌青玉，是我的女朋友，一直为了工作，才隐瞒的。是因为青玉研究了他的资料，知道他有段难忘的初恋，因此帮余老找到初恋，拜祭过去，余老才和我们合作的。所以这样的介绍够吗？"

宸太子听到李光的话，匆忙赶过来，不曾想，听到了杜衡维护青玉说的话。

第十六章　让我永远做你的杜先生

周围的人很吃惊地看着杜衡，来不及消化，杜衡是青玉的男朋友？这可是一个重磅新闻！但是，他们如果看向青玉，就会发现，青玉的吃惊程度远远大于他们！

青玉知道杜衡喜欢她，她自己也喜欢杜衡。她上次不确定杜衡是不是一时兴起，或者可怜自己，才冲动地说愿意做她的杜先生。可如今，看着他那坚定不移的背影，和掌心传来的温度。她感受到了！

杜衡心里特别感谢这次宴会，不然，青玉是不可能接受自己的。他更知道青玉不能逼，因为追得太紧，可能连朋友都做不成，而今日，可以顺理成章地成为她的男友。

蓝色衣服的女人，显然更不信，她看到周围人羡慕青玉的眼神，心里特别上火，冷呵呵地道："原来当初衡少是为了女朋友才破格插手宸太子的人事安排啊，真羡慕青玉啊！"

这女人，好恶毒！宸太子冷笑了一声，好一场戏啊。这四两拨千斤的话，从小的方面讲，激发了宸太子和衡少之间的关系。从大的方面讲，在场的人都将会知道，青玉当初进集团是因为衡少，才能在那么短的时间，成为宸太子的贴身秘书。这么短的时间，就能受到余老的喜爱，原来都是因为背后的靠山。这些话很好地利用了人的嫉妒心，就算明白她是挑拨离间，人还是控制不住内心的嫉妒。

宸太子淡淡地说道："青玉是凭自己的实力完成这个任务的，以后公司不许再有这种流言蜚语。"说完便转身走了。

青玉感激地看着宸太子远去的背影，这男人，除了高傲一点，有时候，还是挺好的。

杜衡拉着青玉，就往外走。青玉拉了拉杜衡的衣袖，杜衡柔声地问："怎么了？"

"没什么，只是想着，杜先生，我们是不是确定穿成这样去见男神？"

"男神好看？还是我好看？"

"啊？"青玉显然慢一拍，不过杜衡却很开心。

因为，她喊了杜先生！

出了宴会的门，杜衡就开车去离演唱会最近的商场，体育馆里面的尖叫声，惹得青玉心痒痒的，本来被当面难堪，心情很差的青玉，想着能见到男神，心里什么情绪都没了。到底还是年轻，瞬间充满活力，那发自内心的笑，也感染了杜衡。杜衡拉着青玉，快速进了一家专卖休闲装的店面，拿了情侣式的衣服。青玉难得的爽快，二话没说换了衣服。换了衣服就往外跑，惹得营业员，以为青玉要赶着上夜班飞机。杜衡刷了卡，就跟着青玉脚步往前跑，心想，这丫头，不差我这几秒吧！更何况，门票还在他手里啊！

果然，青玉被拦在门外，杜衡上气不接下气地把门票递给门口警卫，青玉才得以进去，这时候，青玉不好意思地看着杜衡。

杜衡擦了擦汗，开玩笑地说，"老了，回家要锻炼，不然追不上新娘子的脚步，那就得后悔一辈子了啊"。

青玉偷偷地乐着，一本正经地说："杜先生，你要做我一辈子的杜先生吗？"

"我愿意！"

"那，今晚，你能和男神同台唱歌，我就答应你。"

说完，青玉就跑进体育馆。杜衡把手里换下来的衣服，塞进门口警卫员手里，正色道："我为了终身大事去努力了，这些衣服，就帮我保管着，谢谢。"

那个憨厚的警卫，看了看手里的袋子，再看看杜衡飞一般的背影。默默地说："谈个恋爱多不容易啊！"然后，仰天长叹，如果那么漂亮的姑娘，对自己也说这样的话，今晚，拼了命，也要站在舞台上。

青玉好不容易挤进去，回头看不到杜衡的身影，也不着急了，因为男神正在唱着励志的《蜗牛》，青玉也跟着在后面哼着旋律。

当周杰伦唱完，画面突然停止了，周杰伦居然中途下场，这是什么情况？

凌青玉不解，突然一个身穿礼服、主持人样貌的男人上场说道："周董应歌迷的要求，选出一位歌迷与他同台演唱，恰巧听说有人要对自己的女友表白，并且给她唱一首歌，我们掌声欢迎杜先生上台，为女友唱这首《蒲公英的约定》。"

凌青玉呆住了，他是真的要向自己表白吗？

杜衡穿着很阳光的休闲装，和周董站在一起，丝毫没有违和感，就像闪耀的明星。台下的观众更是疯了，气氛随之涌向高潮。这样的求爱方式，真的是所有女孩子的梦。

"一起长大的约定，那样清晰，拉过钩的我相信，说好要一起旅行，是你如今，唯一坚持的任性……"

青玉听着歌声，心里咚咚地跳个不停。

"凌青玉，我可以永远做你的杜先生吗？"杜衡拿着话筒，对着台下，动情地说着。

下面的人呐喊着："在一起，在一起……"

青玉双手捂住脸，幸福来得太突然，眼泪从指缝中流下，她慢慢地蹲了下去。杜衡没有在人群中看到青玉的影子，有点着急，他连忙下台到处寻找。台下的粉丝，很有素质地让道给杜衡。杜衡在人群的最后，看到蹲在地上抽泣的青玉。

他急忙跑过去，蹲在青玉面前，慢慢扒开青玉捂着脸的手，青玉头低得很深，杜衡的手，温柔地拭去青玉挂在眼角的泪珠。青玉嘴巴嘟起来，撒娇地说："你怎么那么傻，让你去唱歌你就去唱啊！"

杜衡乐呵呵地道："只要能做你的杜先生，你让我去天安门跳《小苹果》，我都二话不说。"

青玉抬起头，迎上杜衡的眼神，伸出手划过杜衡的眉目，杜衡的脸上有一丝冰凉，淡淡的香味，弥漫在两人之间。似乎忘记身旁还有很多粉丝，似乎忘记这是公共场所，杜衡慢慢靠近青玉。

他看到青玉的泪，心里就很心疼，捧过青玉的脸，嘴唇落在了青玉的眼角，青玉感受到杜衡的爱怜，他吻过她所有泪痕。青玉心里怦怦的，她感觉心里有种幸福的感觉，脸上痒痒的。

杜衡内心慢慢地涌起一团火来，开始的时候，他还慢慢地吻着，吸着她眼角和脸上的泪水，感受她脸上冰冷的泪，他想要更多，想用内心里的火融掉眼前的这位可人。

青玉被杜衡突如其来的吻，搞得不知所措。杜衡唇齿间的冰冷，让青玉更加失魂落魄。她一把推开了杜衡。杜衡跌坐在地上，看着青玉，青玉抱歉地看着杜衡，杜衡懊恼自责地扶起蹲在地上的青玉。

"对不起，我不想你这样哭。"杜衡满含歉意地说。

"不是，我……"青玉不知道从哪里开始解释，难道说，自己排斥那冰冷的唇！还是要问杜衡，为何唇会那样冰冷？

两个人各怀心思，走出了体育馆。

门口那个长得可爱的门卫，把杜衡放在他那里的包裹交给杜衡。还眨着眼睛，笑眯眯地问青玉，是不是接受了杜衡。那股热情，不亚于小区的大妈，青玉的脸唰地红了。

门卫大哥看着青玉娇羞的脸，更确定他们的关系，乐呵呵地捣了杜衡一下，杜衡尴尬地笑了笑。

门卫大哥豪气地说："现在女孩子不好追啊，想当年，俺在家乡，碰到喜欢的就直接抱起来，就问给不给俺生娃。哈哈哈……"

看着门卫大哥憨厚豪爽的样子，青玉笑了起来。杜衡看着青玉笑的样子，心里也开心了起来。

"杜先生送你回家？"

"嗯。"

杜衡牵着青玉的手，向前走去。青玉曾无数次幻想，她的男朋友牵着她的手，一起散步。没想到今天，杜衡的手牵着她的手，或许，让他成为自己的杜先生，其实也没那么糟糕，相反应该会很幸福吧。

第十七章　每天陪你看日出

杜衡送青玉回去，青玉道了晚安。

"到家了吗？"青玉发了短信给杜衡。

杜衡看到手机里的短信，回复道："到了，青玉，明天约你看日出，好吗？"

青玉看到短信，脑海里浮现出看日出的样子。青玉走到窗台，看着星空，发了一条简讯："杜先生，A城的星空，真的很美。"

杜衡站在阳台上，看着头顶的一片星空，不算耀眼的星光，若隐若现的月亮，杜衡觉得这一刻，青玉和自己很近，这个充满竞争的城市，居然那么美。

"给我讲个睡前故事吧！"杜衡发了这样的一句话。

青玉对着手机笑了起来："好啊，那么上微信吧，我给你讲故事。"

杜衡大笑起来，立刻在微信上发了一段语音："是童话故事？还是一千零一夜？"

这时候，青玉妈妈从卧室里走出来，看到青玉站在窗前，便走了过去。

青玉听见脚步声，转向身后："妈，怎么不睡啊？"

青玉妈妈淡淡地说："不出去工作，这边也没什么认识的人，白天休息多了，晚上容易失眠。"

青玉看着妈妈憔悴的脸，愧疚地说："妈，对不起，是我不好，没有顾虑你的感受。"

"傻孩子，忘了吗？我们曾彼此约定，做一对无话不说的母女，这些愧疚的话就不要说了，傻瓜。我看看书，看看你爸爸写的东西，百看不厌，哪里还会无聊。"

"妈妈！"

青玉抱住了妈妈，就让彼此温暖的怀抱，给彼此一丝安慰。

杜衡盯着手机发呆，青玉是准备故事去了？还是……？

"睡了？"

青玉妈听到手机响了，就对青玉说："妈妈只希望自己的女儿幸福。快点回复吧。"

青玉吃惊地看着妈妈，妈妈笑着说："你发信息的时候，整个人都是欢快的。所以妈妈想，肯定是我们的小阿玉，有了喜欢的人。"

"妈妈，你别这么善解人意，惹我感动。"

"哈哈，记得早点睡就好了。"

青玉送妈妈回卧室，看着手机。

"没有睡，在想着，讲什么故事比较适合你。"

"是吗？你觉得我适合听什么？"

"从前，有个狮子座的女孩，有个幸福的家，可是有一天，爷爷奶奶相继去世，他们从别墅搬回了老家。爸爸是大学教授，可是有一天，没有告别，就离开了人世，连最后的话别都没有。身边没有一个爱的人在，就这样孤零零地离开了。这个女孩，很坚强，也很固执。大概狮子座的女孩都是这样。她不敢轻易说爱，怕有一天依赖别人的温暖，再也戒不掉。她有一个很要好的闺密，却不知道从什么时候开始，联系就越来越少了。后来，她遇到一个温暖的人，但她却怕自己受伤，不敢接受，你说这个姑娘是不是太软弱，太让人不了解？"

杜衡抬头看看月光，青玉讲的是自己吧。一种罪恶感油然而生。"这个温暖的人，或许不是女主角的白马王子，但至少是骑士，没有人规定骑士不能和公主在一起啊！更何况，无论从什么角度来说，女主角接受这个人，无非是两个结局，在一起，分开。既然只有两个结局，为什么不尝试着·

想好一个解决方法，当成目标走下去。还没在一起，就想着分开，那多么不明智。"

青玉盯着手机的屏幕发呆，是啊，多简单的问题，为什么自己却想得那样复杂。

"那你说，这个女孩该接受他吗？"

"这要看女孩自己，喜不喜欢！"

就这样有一句没一句地聊天，从李清照的"才下眉头又上心头"聊到苏东坡的"大江东去"，从云南的美景谈到自驾游，又谈谈梦想，就这样时间飞快，都接近早晨四点，两个人还在谈着风花雪月的诗情画意。

青玉发疯了，从来没有过的勇敢。她忐忑不安地发了一条"我们一起去凤凰山，看日出吧！"

发完之后，青玉有一丝懊恼，这么鲁莽，两个人没睡觉也就罢了，一大早还要登山。

"十五分钟，你们小区门口见，记得换舒适的登山鞋。"

青玉跳了起来，哼着歌，去卫生间刷牙洗脸了。

果然十五分钟后，青玉在小区门口看到了杜衡的车，坐上杜衡的车，杜衡温柔地帮她系上了安全带，还把早饭递给了青玉。

青玉打开饭盒，一闻，鸡肉粥。她哇的一声："你怎么知道我爱吃这种口味的粥？"

杜衡笑着道："因为我只吃这个粥，凑巧。"

青玉害羞地低下头小声道："哪里来的那么多凑巧啊？"

"哈哈哈，这是天定的缘分呗，我也没办法啊！"

"好好开你的车，我要喝粥了。"

"我也饿了，不然你喂我？"杜衡俏皮地说，还用余光看着青玉。

青玉假装没听见，继续埋头喝着粥。杜衡用余光扫了扫青玉，心里嘀咕着，这丫头，还真能装啊，居然像没听到一样。

虽然杜衡在公开场合宣布了青玉是他的女朋友，但是青玉的心里不知为何还是有点儿放不开，心里不能这么快地接纳杜衡，因此对于这种极其暧昧的话，她很直接地选择了忽视。

很快到了凤凰山，凤凰山是Ａ城最重要的一个文化宝地，山不算高，却特别秀丽。青玉下了车，呼吸着山上最纯净的空气，感受着凉爽的晨风。朝晖透过深深雾层，就像新的生命，又是新的一天。

人生真的很奇怪，你似乎觉得失去谁，就活不到第二天的早晨，可是当你看到那样清新的空气，那样充满朝气的风景，你会觉得因为手机，因为网络，而错过了很多美丽的风景。

青玉展开双臂，感受着凉凉的山气。杜衡一脸幸福地看着青玉。青玉回过头，看着他，说："杜先生，我要爬到最顶端，看日出，你这把老骨头，跟得上吗？"

杜衡嘴角上扬，自豪地说："看来，我要展现一下男人的雄风。"

说完嗖的一声，就往山上跑。青玉跳起来，大喊："杜衡，你要赖。"

两个人在山上开采的道路上奔跑着。杜衡一直跑在前面，青玉自知跟不上，就放慢脚步，杜衡可不知道青玉的小心思，以为青玉累了，就回头去背她。

杜衡弯下腰，准备背着青玉。青玉假意地问："我很重唉，你能背得动吗？"

杜衡站起来拍拍胸脯，坚定地说，"放心吧，我能行。"

青玉点点头，满意地说："嗯，很好，那杜先生请你把马步扎好，我跳上来了啊！"

杜衡扎稳马步，等青玉上来，没想到青玉一出溜，就飞一般地向前跑去。留下一脸茫然的杜衡，看着青玉头也不回地向前奔跑着，杜衡心下不由得愉快万分。

杜衡有心让着青玉，青玉到了山顶，看着朝晖。她呢喃地说："'日出江花红胜火'，早晨的阳光是新生，生命好奇特啊！"

杜衡从她身后拥抱着她，靠在她耳边轻轻地说："就让我每天都能和你一起看日出。"

　　青玉将头依偎在杜衡的怀里，幸福地笑着道："杜先生，我也愿意陪你看一辈子的日出。"

　　杜衡这一刻，充满幸福。可是，以后会发生什么，他们却不知道。

第十八章　红颜未老恩先断

日出拉近了两人的距离，衡少爷发挥了所有温文尔雅的气质，成功地成为青玉的男友。

等两个人同时出现在集团的门口时，宸太子看着他们边走边笑着交谈的时候，心里不是很舒服。他站在他们的身后，静静地发呆。他不明白，自己为什么会生气，甚至有种酸溜溜的感觉。

青玉感觉身后一直有一个眼神注视自己，她回头看了一下，看到宸太子一个人静静地站在不远处。笼罩在宸太子周围的是浓浓的哀愁，和强烈温暖的阳光形成对比。他像一只受伤的狼，孤独冷寂。

杜衡顺着青玉的眼光看去，低声地问："青玉，是不是不想做宸太子的秘书，我去帮你调一下。"

"不，不用。"青玉着急地解释道。

"呃，怎么啦？怎么感觉你有点害怕？"

"没事啦，杜先生，我们赶紧进去吧。"青玉猛地抓住杜衡的肩膀，挽着杜衡走进集团。

宸太子怔怔地看着他们走进去的背影，过了一会儿，才悠悠地走进去。

青玉在办公室，一直想着宸太子，看着刚才他那受伤的样子，自己心里居然很慌乱，想去安慰这个受伤的人。但他到底是为了什么，才会有那副模样。是因为上次遇见的那个女的吗？

"发什么呆，你的茶水，早就烧开了。"

青玉听到宸太子的声音，惊了一下，就打翻了桌上的茶水，烫到了手，又不敢大呼小叫的。就把手向后一缩，慌乱地想躲开他。

宸太子沉声道："笨女人，把手伸过来。"

青玉抬头看了看宸太子，不情愿地把手伸了出去。宸太子看了看手，转身就拿出手机："让医务室的人，三分钟内务必到我办公室，带上烫伤的药物。"

青玉咬了咬嘴唇，宸太子这是怎么了。

果然社会上还是偏向于有钱有权的人，三分钟后，就看到医务室的医生气喘吁吁地到了。

来的是一个年过半百的老医生，他穿着白大褂，一进来就大喊道："小宸宸，你哪里被烫伤了啊？"

青玉听到医生喊小宸宸，又侧过脸看了看宸太子黑得不能再黑的脸，扑哧一声笑了起来。

本来到了发怒边缘的宸太子，憋住了火，指了指青玉，言简意赅地道："是她，不是我。"

医生很和蔼地说："原来是这么可爱的小姑娘，小宸宸，你不早说，你早点说，我两分钟以内肯定到。"边说着边拿出药膏和纱布。

宸太子脸黑得吓人，青玉看着他的表情，小声问："大叔，为什么我们宸太子，叫小宸宸啊？"

医生手指放在嘴巴上，示意青玉小点声，自己却扯着大嗓门儿解释："当然因为他叫作郝世宸啊，不叫小宸宸，难道要喊小世世吗？"

青玉吃惊地看着医生，又是一只披着羊皮的狼啊！

宸太子转过身，看着青玉和医生，青玉无辜地摇了摇头，仿佛在说，不是我，是医生坑我。

医生狡猾地看了看青玉，接着叹气道："小姑娘，这人搁在古代就是冷面君王，可是他不像外表那样冷，心肠可热着呢，你算找到好对象了。"

说完还不忘把纱布打了一个完美的蝴蝶结。

青玉慌忙地说："不是，我不是宸太子的对象。"

医生打趣地说："别害羞，不是他对象，怎么会那么着急让我来。"

"真的不是的，我是……"

"够了，你可以出去了。"宸太子愤怒地说道。

医生被吓得一愣，看了看宸太子，看了看青玉，不解地问："你怎么忍受得了的？"说完急忙提起药箱就走了。

青玉侧着脑袋倚在椅子上，发着呆。今天意外的事情太多了。倒不是青玉爱乱想，只是让她不得不去想。宸太子，到底是怎么一回事。

宸太子神情严肃道："既然包扎好了，该干什么就干什么去。"

青玉想着，这男人还真的是吸血鬼，就说他不会那么好心放过自己。她慢吞吞地站了起来，一直踌躇着，想开口问，又怕宸太子生气。青玉脚步停下来，随后还是出去了。因为找不到开口询问的理由。

青玉一只手做什么都不方便，每做一件事情就骂一句罪魁祸首，虽然这事情不能怪宸太子。由于秘书的事情是很繁杂的，加之青玉的手不方便，宸太子便让青玉去集团各个科室，熟悉下工作职责。到了公关部的时候，虽然和他们相处没几天，但是青玉心里还是喜欢公关部的同事的，尤其是胖子。

胖子看到青玉就给了她一个大大的拥抱，还大声呼喊着："青玉，我们可想你了。尤其是上次那个甜品，太好吃了。"

青玉调皮地说："看来不是想我，而是想甜品啊！"

胖子思索半天，然后纠结了一番，最终很认真地说出："当然，毕竟两者比起来，我更喜欢甜品。"

"啊，你的手怎么啦？"胖子的惊呼声，引来周围的同事的目光，很多人都看着青玉，有关心的，有淡漠的，青玉赶紧拉着胖子往外走。

"这是早上倒茶没留神被烫的。"青玉简单地告诉了胖子。她可不会告诉别人，自己光想着事情，走神才被烫到的。

胖子一脸担心地问："会不会留疤啊？"

青玉摇了摇头。

胖子叹口气道："本来，看到你这么可爱的同事，可开心了，我就有朋友了。可是没几天，就调走了。"

"你看，义正词严说自己是正直的，大红人一来就凑过去。"上次在宴会上刁难青玉的人，又一次攻击她。

"你再说一遍试试看？"胖子抢着拳头，就准备冲过去。青玉用没有受伤的手，一把拉住了她。

青玉无视眼前无理取闹的女同事。这女同事像只苍蝇，青玉无视的眼神更是惹怒了她，她继续冷嘲热讽地说着："不要以为你是衡少的女朋友就了不起，一天没转正，就可能被甩。"

胖子忍不住了，正准备冲上去揍她的时候，从身后传来一个声音。

"按照我们家青玉的姿色，我都不同意她嫁给什么衡少，你算哪里跑出来的毒妇？难道被哪个土豪抛弃了，所以在这撒野，以示泄恨，你根本不能和青玉比。"

三个人同时看向声音的来源处，青玉一听就知道是杜若。胖子茫然地看了看杜若，又看了看青玉，然后默默地思索着。

女同事看着杜若，气焰一下子消失了。杜若像只高傲的孔雀，眼神中带着冷，青玉怕杜若脾气上来，那么这女人肯定得吃不了兜着走。青玉对胖子低声说："你把她拉走，不然后果不敢想。"

胖子嘀咕着："才好。"

青玉忙转过头，想讨好杜若，没想到杜若劈头盖脸就是一顿臭骂。大抵意思就是，堂堂凌家大小姐，到这里上班，都是卖给杜家天大的面子，怎么可在这儿受了委屈都不发飚。青玉被杜若胡说的本领着实吓着了。

那女人灰溜溜地跑了。

胖子说，那女人叫吴慧琴，本是乡下来的姑娘，刚开始的时候，朴素的不得了。据说被一个金龟婿包养后，就彻底变了。杜若暗暗记下这女人的名字，敢这样欺负青玉，总得给她点颜色看看。

青玉看着脸上浮现不同表情的杜若，心里就知道，这姑娘肯定要找这个吴慧琴麻烦。

"杜若,她也是无意之过,不去计较就好。"

"你就是这样傻,才会那么容易被骗。"

"啊,这不是被骗吧,只是被误解了而已,时间会证明一切的。"

胖子看到她们聊得那么自然,就知道两个人肯定还有很多话要说,就打了招呼便回办公室了。

"青玉,你的手,怎么了?"杜若担忧地问。

"早上无意被烫了一下。没什么大事。"

"青玉,你是不是真的喜欢杜衡。"

"嗯,是的,一直想跟你说,不知从何说起。"

"你这个傻瓜,我可不去做伴娘,你找别人吧,说好谈对象先告诉我的,现在谈恋爱就忽略我了,太伤人了。"青玉看着杜若撒娇的样子,和刚刚那个高冷的姑娘,一点也不一样,也不禁笑了起来。

杜若总是有办法化解两个人之间的尴尬,两个人笑呵呵地聊着,青玉老老实实地把从认识到发展到确定的故事讲给杜若听。杜若笑着说:"怎么这么平淡啊!我要轰轰烈烈的!可是,这辈子都不可能了。"

青玉心疼地说:"瞎想什么啊!你会有你的幸福的。"

杜若认真地说:"青玉,之前我算了托塔牌,结合你的星座,狮子座,情感方面不是太顺,既然,你喜欢杜衡,把握好。万一有一天,和你想的不一样,千万不要悔恨,只要彼此真心就好。红颜未老恩先断,千万不要人没老,心老了。"

青玉盯着杜若来来回回看了好多遍,疑惑地问:"杜若,你真是变了好多啊,以前脑袋里都是吃穿,还有就是压榨我,出去玩,现在怎么那么多愁善感?"

杜若突然哈哈大笑起来,恢复了原来的潇洒,爽朗道:"难得本小姐有个心思装一下文艺青年,你还得当面拆穿,还是朋友吗?"

青玉和杜若相视一笑。

杜若开心地拉着青玉，让青玉陪她逛街。可是青玉抑郁道："恶魔太子看我手残了，是不会找我，可是你不知道，我出去了，肯定得想办法折磨我。我虽然不能那么没骨气，但是，还是不能去。"

杜若笑了笑："他从小就是这样。别理他，他就不闹腾了。"

青玉吃惊地问："你认识他？"

杜若尴尬地笑了笑："听别人说的。"

青玉也没有细想。

杜若与青玉约定，晚上在青玉家吃饭，便回去工作了。

第十九章　嫁给我

青玉看着窗外，静静地发呆，似乎来到这个集团，并不像大学时候想的那样，每天在格子间，做着复杂的文件处理工作。百忙之中，泡杯咖啡，和同事愉快地度过下午茶的时间。现在的自己，似乎根本没有多大的工作量，青玉一度怀疑自己是不是得了强迫症，这样的工作，换成谁都愿意做。可是自己却像无所事事的人一样。

杜衡站在青玉的身后，看着青玉足足五分钟，青玉都不曾察觉。杜衡有点心疼这样的青玉。

"在想什么？"

青玉静静地说："杜衡，你说，我是不是很没用？"

杜衡没有回答，而是拉着青玉受伤的手，温暖地问："疼吗？"

很多时候，受很大的委屈，我们都不会哭。可是，来自别人的一句真心的安慰，却能深入到内心最深的地方，让人忍不住流泪。

青玉眼眶湿润了，撅着嘴巴，摇了摇头。杜衡有股儿冲动，把青玉抱在怀里的冲动。杜衡宠溺地说："青玉，想没想过带我去见你妈妈，然后和我结婚，让我一辈子在你身边。"

青玉震惊地一抖，杜衡细心地问："怎么啦？"

青玉摇了摇头。

青玉，也不知道到底该不该答应。但如果注定几年后，自己是杜衡的妻子，那为何还要进行考察？

杜衡站在青玉的身边，陪着青玉看着窗外的蓝天，他在想，幸好当时那个人让他接近青玉，不然这么好的姑娘，是不是就会是别人的新娘。

两个人各怀心事，没有谁继续说话。青玉其实最怕沉默的，杜衡小声地问："今晚我可以去拜访阿姨吗？"

青玉本想答应，可是杜若今晚也去，得和杜若说一声。

"杜若今晚也去，和我约好了，我问问她，行吗？"

"啊？"

青玉担心杜衡生气，就拉着他的衣角，小声地说："可不可以不生气。"

杜衡恼火地说："青玉，我是你男朋友。"

"嗯。"

"是不是该问问我，同不同意她去！"

青玉呆呆地看着杜衡，杜衡很少发火。

杜衡狠狠地说："这丫头，早不去晚不去，为什么非要今天去。"

青玉无奈地叹了口气，看来杜衡吃醋了，不过这样的感觉挺不错的。

杜衡陪着青玉去了办公室，青玉坐在椅子上。杜衡注视着青玉，青玉被看得不好意思就用手捂着杜衡的眼睛。杜衡乐滋滋地说："看一辈子，都不会觉得厌烦。"

青玉红着脸，疑惑道："老太婆的时候，你也爱看吗"

"当然爱看，下辈子还要看。"

青玉手指在杜衡的手上乱画着："你怎么也会说这样的话？"

"其实，我不会说这样的甜言蜜语，可是看到你，就想到这些话。大概这就是喜欢和爱的区别吧。男人不是不会浪漫，而是没遇到自己爱的人。"

青玉低头想了想，沉思一会儿："那以后，我就要听一辈子的甜言蜜语。"

杜衡开心地从椅子上，把青玉抱起来，转圈，欢呼着。

青玉幸福地把头埋在杜衡的怀里。

"就让我们彼此都可以好好过……"是电话铃声。

每次在杜衡想吻青玉的时候，总会有意外发生，杜衡不甘愿地放下青玉，孩子般地嘟起嘴巴。青玉慌忙地接通电话。

"到我这里来一下。"说完就挂了。

"世宸找你吗？"杜衡郁闷地问道。

"嗯，我先去一下。"

杜衡侧过身，青玉从杜衡身边绕过去，带着小跑离开了。杜衡暗暗发誓，这一次，绝不可以将青玉让出去。宸太子对青玉应该动了心思吧，自己得抓紧将事情办好，免得夜长梦多。杜衡出现一丝狠意，与平时温文尔雅的样子判若两人。

青玉敲了敲宸太子办公室的门，就听到他干脆利落地应了声："进来。"

青玉仔细想过了，似乎从上次之后，宸太子就一副拒人千里之外的样子，比冷面君王还要冷，脸上几乎没有其他表情，更别提笑了。她看着他，低头处理文件，一丝不苟的样子，冷峻的眉目，一页页地翻着。青玉很安静地站在宸太子书桌的右侧，宸太子用余光扫了一下青玉，嘴角微微上扬。

他倒要看看，安之若素的青玉，就没有女人该有的好奇心吗？他要看看青玉什么时候忍不住，开口问自己。

时间像蜗牛，一点点消失，彼此一句话都没有。青玉期间曾多次欲言又止，眼睛盯着宸太子，心里实在搞不明白，这个男人到底又想干什么。

宸太子忍不住开口："今晚一起吃饭。"

不似商量，而是命令。

嗡的一声，青玉头都要炸了，今天怎么回事。怎么凑一起去了？青玉不假思索地说："今晚不行，家里有事。"

宸太子"哦"了一声，然后侧过脸，淡然地说："你的意思，今晚不行，明晚可以，是吗？好，那就明晚，你出去吧。"

青玉真想打自己这张嘴巴，怎么这么不小心着了道，哎。

青玉耷拉着脑袋，走了出去。宸太子微微一笑，小样，傻乎乎的，只是她就这般不情愿和自己待在一起？青玉回到自己办公室，杜衡还坐在椅子上等她。

"怎么啦？被训了？"杜衡站起来走向青玉，担心地问着。

"没有，没有，就是有些问题想不明白。"

"想不通就别想了，阿姨喜欢什么，告诉我，毕竟这是头一回见面，不能不下功夫啊。"

青玉瞧着杜衡一本正经的样子，突然有心捉弄一下他。温柔地拉着他的手，笑着说："那你求我。"

杜衡看着青玉小女孩的一面，不由得想笑，他忍住不笑，一本正经地说："求求亲爱的青玉，告诉我未来丈母娘的喜好吧，为了快点儿把你娶回家，我得用点小心计啊。"

"贫嘴，又没说嫁给你。"

"啊，我都准备给你说一辈子的甜言蜜语了，难道你还没准备好，用你的耳朵仔细听吗？"

"没有求婚，当然不会嫁。"

杜衡仰着头，假装无奈地说："哪有女孩子暗示男孩子要准备求婚的啊？"

"好啊，你敢取笑我！"

杜衡哈哈哈大笑起来，大步流星地向门外走去，到了门口，转身看着呆站在原地的青玉，认真地说："我会给你一个难忘的婚礼，圆你一个每个女孩子都想要的婚纱梦。"

"我妈妈喜欢看书，字画，乐器。"

杜衡眨眨眼睛，温柔地说："青玉，你注定是我的。"

青玉温顺地点了点头。

　　杜衡离开后，青玉拨通了杜若的电话，本以为杜若会叽叽歪歪地说一大堆理由，类似今晚不可以让杜衡去吃饭的理由。可今天电话里的杜若，二话没说，爽快地答应。还说青玉就是心理有病，被虐症，就是非要被虐待才觉得事情该是这样发展的。

　　下班后，没有遇到宸太子，青玉心里有点庆幸，还好没遇到，不然这样的男人，说不定一时兴起就抓着自己去陪他吃饭，那该多危险。

　　青玉和杜若在集团门口碰面，一起回了家。

　　进门后，青玉妈妈看到杜若，亲切地拥抱起来，被冷落的青玉有种不是亲生的感觉，再看青玉妈拉着杜若，去试杜若送的衣服时候，青玉更加确定自己是从垃圾堆捡来的宝宝。

　　由于青玉事先和妈妈打过招呼，厨房桌上的饭菜，很是丰富。换上新衣服的青玉妈，年轻了很多，站在杜若身边，平添出几分成熟女人的魅力。难怪青玉这样美丽，这是遗传的功劳啊！

　　"叮咚，叮咚……"

　　门铃响起，青玉去开了门，杜衡穿着休闲服，看起来像个刚毕业的小毛孩。

　　青玉看向杜衡拎着的礼物，觉得杜衡简直就有七窍玲珑心，自己就是提示了一下，没想到杜衡右手拎的是，上等的文房四宝的组合。左手带的是最近特别流行的百家讲坛的大清史册，以及一些佛书。

　　青玉低声说："你还蛮聪明的。"

　　杜衡笑着说："这是必须的。"

　　青玉妈笑着说："你就是杜衡吧？"

　　"是的，阿姨，您好！"

　　"快进来坐！"

　　杜衡将礼物放在茶几上，不好意思地说："慌忙中，第一次见面，也不知道带点儿什么过来。我问青玉，您喜欢什么？就准备了这些，不知道这些书籍，您喜不喜欢？"青玉妈妈责备地看了看青玉，不好意思地对杜衡说："你看你，来了不需要带礼物，太见外了，就当自己人，我可是听杜若一个劲儿地夸你。"

杜若急忙说："哎呀，阿姨，我可不喜欢这个杜衡，我只是重复一下青玉讲给我的故事而已。"

"哈哈哈……"

四个人开心地笑了起来，有杜若在，场面就不会冷场。

这顿饭，在欢笑中结束。杜若撒娇地说，今晚不和青玉睡，要和青玉妈妈睡在一起。青玉送杜衡下楼，杜衡拉着青玉的手，正色道："青玉，阿姨应该喜欢我，是吗？"

28岁的杜衡，平时虽然都带着笑，但也绝不是表面看上去的那种阳光的大好男人，在商场上，冷酷的手段，让人闻风丧胆，而今夜的他，手心冒着冷汗，紧张地问着青玉，别人对他的印象。青玉反握住杜衡的手，给了他一个放心的笑容。杜衡找回了自信，第一仗打得漂亮。

青玉站在楼底下的门口，和杜衡挥手告别，杜衡站在车的右侧，按下了手机的电话键，天空突然出现烟花，烟花呈现的字体是"青玉，我爱你"。

青玉惊喜地看着杜衡，杜衡大声喊着："嫁给我，青玉。"

她看着短促即失的烟花，看着认真的杜衡，惊喜之余，她不知道该怎么做才好。杜衡慢慢上前，将口袋里面的钻戒拿出来，单膝跪地，双手捧着钻戒，很认真地问着："青玉，嫁给我，我知道，你可能觉得太仓促，但是，我会用一辈子时间证明，这次绝对不是仓促的决定。"

每个女孩子，面对喜欢的人求婚，都是非常感动的。青玉眼泪感动地掉了下来，杜衡紧张地站了起来，看着青玉的眼泪，心里很紧张，寻问着：这是怎么了？

青玉伸出双手，环抱着杜衡的腰，耳朵靠在杜衡的心上，听着那有节奏的心跳声。觉得那样安心，那样温馨。

她慢慢松开环抱在他腰间的双手，杜衡认真地将戒指套在青玉右手的无名指上，吻了吻青玉的嘴唇。半哄着青玉："快上楼去，不早了，明天见，亲爱的青玉。"

青玉点点头，微笑着说："路上小心，我的杜先生。"

回去的路上，杜衡非常开心，可能是求婚成功的原因，也有那句，我的杜先生。音乐都是欢快的歌曲，杜衡开着车，都觉得自己像天空中飞翔的鸟一样，自由自在。

第二十章　即将消失的爱人

自打青玉答应了杜衡的求婚，每天早上，青玉醒来后，看向窗外，杜衡的车就在自己公寓的楼下。每天晚上下班，杜衡就在集团门口，接青玉一起下班。这几天，杜衡和青玉妈妈聊得更欢，从张爱玲谈到林徽因，再从徐志摩谈到梁思成，甚至京剧都能说上几句。有的时候，还请教青玉的妈妈，如何酿酒，青玉妈妈很耐心地教着杜衡，杜衡就像好奇宝宝，一得空就黏着青玉的妈妈，让青玉妈妈讲青玉小时候的事情。

青玉往往在这个时候，就想找借口把杜衡往外拉，可惜杜衡却拉着青玉一起坐下来听。说也奇怪，本来话少的青玉妈妈，自打杜衡来了后，话明显多了很多。甚至星期天的时候，杜衡在公司忙碌的时候，青玉都能听到她妈妈说，等杜衡来，问问杜衡。

青玉和胖子打电话的时候，无意间说，倒像是妈妈在和杜衡谈恋爱。胖子这个人，平时大大咧咧的，看起来情商和智商都应该和她的身材一样。可是在这件事上，却来了神总结。原因只有一个，他要哄青玉妈妈开心，让青玉妈妈走出一个人封闭的状态。

青玉连忙追问："胖子，你怎么知道我妈妈是一个人？"

胖子笑了笑说："猜的，你信吗？其实是因为你说，阿姨在家没事，那肯定一个人无聊啊！"

被幸福感包围的青玉，没有细想，整日甜蜜蜜的。这样简单而平凡的日子，很舒心。青玉在想，这样一起到老，再有个孩子，该多幸福。

杜衡选了几个日子，让青玉和青玉妈妈敲定结婚的日子。本来青玉妈妈还说，先订婚，再交往一段时间。但是经不住沉浸在甜蜜中的两个人的劝说，也就只好答应了。

最近，杜衡和青玉的妈妈一直在商量一个好日子，青玉看着私下定好日子的两个最亲近的人，表示无奈，她这个当事人都不知道具体的日子。

青玉打电话给杜若，问杜若做不做伴娘，杜若支支吾吾总是岔开话题。

青玉恼怒地问："杜若，你到底怎么啦？我做错什么了吗？为什么，我总感觉，我们不像之前那样要好？而且，我甚至不知道，距离感是从哪里来的？"

电话那头的杜若，沉思了一会儿，两个人没有说话。杜若低声道："阿玉，你信任我吗？"

青玉想都没想脱口而出："你说什么？我如果不信任你，那么这世间，我就没有亲人了，更没有值得信任的人了。"

杜若声音带着颤抖："阿……阿玉，倘若，有一天，我是说假如，你发现，我没有你想象的那样好，你会……会怎么样？"

青玉顿了顿，叹了一口气，说："我也不知道，自己会怎样，因为从来没有想过，这样的事情。"

杜若声音带着疲倦："阿玉，祝你幸福。"

"嗯。"

"嘟嘟嘟……"

这场谈话又不欢而散。

杜衡带着青玉去试婚纱，青玉看着镜子里的自己，想起一年前的那天。

当时快要毕业，正直电影《闺密》的热播。杜若拉着青玉跑遍了整座A城，目的只有一个，找最棒的设计师，帮她们设计姐妹装。当时青玉穿着洁白的礼服，站在镜子前，杜若吊儿郎当地嚼着口香糖，嚷嚷着要去剪短发。青玉问她，为何要剪短发。杜若神情向往地说："我们去拍婚纱照，因为我怕我的好姐妹嫁给别人，我会舍不得。"

青玉当时还笑话杜若，结婚和不结婚，不都是姐妹？

　　杜若叹气道："这不一样，结了婚，咱们可不能天天黏在一起了。等你有了孩子，就根本不能黏在一起了。"

　　青玉当时给了杜若一个大大的拥抱，许诺，这辈子，不会因为嫁人了而疏远杜若。杜若一脸正经地说，我要做伴娘！

　　原因就是为了省红包。

　　可如今，自己快要嫁人了，而杜若，早就开始疏远自己了。有些人，是不是注定不能一直那般要好，是不是上天都嫉妒她的友情，所以自己都快嫁人了，站在身边的只有新郎。没有姐妹杜若，更没有那个山一样的男人，牵着自己的手，把自己交托给另外一个人。

　　杜衡喊了青玉好几声，青玉都没有搭话。

　　"青玉……青玉……"

　　"啊，叫我？怎么啦？"

　　杜衡穿着新郎装，站在青玉身侧，微笑道："是不是老公太帅，把你迷晕了，喊了好久都没有搭理我。"

　　青玉娇羞地说："讨厌。"

　　杜衡正色道："青玉，今晚，我爸爸要见你。"

　　青玉回过神看了看杜衡，心想着，这一天终究还是来了。虽然杜衡没有提及，带自己回家，只是对她说，婚姻大事，他自己可以做主，他有能力保护好青玉。

　　青玉想着，终究要面对，不能让杜衡因为自己的出身，和家里闹翻。就讨好地问杜衡，他家里人的喜好。杜衡把脸伸过去，用手指指了指脸颊，青玉害羞地亲了一下。杜衡温柔地说："放心好了，礼物备好了，你自然一点就好。我们家里人很随和的。"

　　第一次见杜衡的爸爸杜林峰，青玉就发现这父子俩除了身高相差不大，其他看不出来有什么相像的地方，但总觉得杜林峰的脸特别熟悉，像在哪里看过，却又想不起来。杜林峰只是简单问了问青玉，家里还有哪些人？现在住在哪里？然后吃了一顿饭，饭桌间，杜林峰让青玉安心嫁给杜衡，彼此幸福就好。

杜林峰的和善，打破了青玉内心的枷锁，她这时候，才觉得自己真的要做杜先生的新娘，真的要做杜家的儿媳妇了。有一种别样的心情，满满的幸福，向外冒着。太阳不是很明媚，但是沐浴着阳光，青玉觉得整个身心都舒展了。杜衡让青玉在园子里休息一下，他去和父亲商量邀请公司的哪些人以及置办婚礼的场地。青玉喝着浓浓的奶茶，享受着午后的时光。她忽然想起，今天下午要陪妈妈去墓地，给她爸爸上炷香。

青玉本想发个信息然后回去的，可是总觉得不和杜衡爸爸打个招呼，会很没礼貌，便向二楼走去。

还没有靠近二楼的书房，就听到里面传来不清楚的争吵声，青玉本想敲门，可是本能地想着，是不是因为她，才让他们父子争吵的。隐隐约约还夹杂着女性的声音，感觉很熟悉。在好奇心的催使下，青玉将耳朵靠在门上，凝神仔细地听着。

"哥哥，爸爸，青玉是我要好的朋友，我不允许你们伤害她，把真相告诉她吧，让她选择，说不定她能把文件交出来，让我们杜家持有股份呢，至少不会伤害到她。"

"啪……"

"你打我！你打我？"

"当初，让你接近她，你就该知道，接近她是为了她手里的东西，不能动真心！"

"可是，她是我最好的朋友……只有她真心对我好过。"

"混账，我杜林峰怎么有你这样的姑娘，还是你哥哥认清现实。"

"是啊，是啊，我杜若一辈子都见不得光，所有人都知道我是杜家大小姐，可谁都不知道，我就是杜林峰的女儿！我和我妈妈就该藏在其他杜氏名下吗！"

"你……你知道……你在说什么吗？"

"爸爸，杜若还小，别责怪她了，我们只是为了通过凌青玉找到那份文件，只要青玉嫁过来，拿到文件，一切都会相安无事的。"

　　……

　　青玉听到对话，全身没有任何力气，像掉进了深渊。好像当初爸爸去世的时候，青玉都没有这般绝望。最亲的闺密！最亲密的爱人！最幸福的一切，却是陷阱！"伪装！"青玉头脑中只有这两个字，她想冲进去，问问杜若，问问杜衡，可是全身像被定住一般，动弹不得。全世界只剩下呼吸声，心碎声，如果从来不曾动过情，自己是不是不会这般难过！如果从来不曾信任，会不会就没有背叛的感受！可惜没有如果，这些事情，真真切切地发生了。这些事情，像把刀划开她的心，她缓缓地蹲了下去，手捂着胸口，想哭，却没有眼泪了。想去争辩，该怎么说？

　　她绝望地盯着门，在犹豫，这扇门，是否要打开。打开，质问他们，自己有什么值得他们这般费尽心思？不质问，当作没发生，然后去调查，可惜，自己做不到。自己不是那种为了一件事情，而可以去伪装的人。

　　蹲在地上的她，根本没有继续仔细听。她怕还有更多的背叛，她宁愿留下美好的回忆，至少可以说服自己去原谅他们。可是，为什么，心会那样疼！可是，为什么，明明想告诉自己坚强，可却还是忍不住地伤痛。她大口大口地喘着气，努力地呼吸着，再艰难也要坚持下去啊。

　　杜若生气地摔了桌上摆放的全家福，狠狠地说，"杜衡，你若只有利用，希望你离开她，她是纯洁善良的，你不要让这样的人饱受背叛的折磨。"

　　说完就向门口走去。

　　门忽地被打开，杜若看到门外的青玉，顿时就慌了。

　　青玉蹲在门口，大口大口地喘着气。杜若的脑袋像被劈了一样，炸开了。青玉听到了多少？她站在这里多久了？自己该怎么解释？

　　杜若慢慢蹲下来，轻轻地问："青玉，你，你怎么样？"

　　青玉甩开杜若放在自己肩膀上的手，站了起来，冷淡地说："别碰我，我都听到了，婚礼取消吧，杜衡，我这辈子都不会原谅你。"

　　杜衡听到杜若的声音就快速走到门口，他听到青玉的话，神情一怔，再看到青玉眼睛中从来没有出现过的坚定，一时间居然慌得说不出话。他怕青玉就这样消失，他还没有解释，还没有……

青玉转身离开，杜衡终究没有勇气伸出手去挽留。杜若呆呆地蹲在地上，看着青玉的背影发呆。

杜若也不记得多久了，记得有一次，自己因为被宸太子说，没有优雅气质拒绝履行小时候两家定的娃娃亲的时候，自己哭的像个傻瓜，也像青玉刚才的样子，缩在青玉的宿舍，还是大学宿舍的门口，青玉开了门，也是蹲了下来，把手放在她的肩上，小声地询问着难过的理由是什么。杜若记得当时青玉看她没有回答，就从正面抱住她，哄着她。

青玉说："难过没事，哭过就好了，一般能哭得出来的难过不算难过，最难过的是，难过了，却不知道哭的理由是什么。连哭都哭不出来了。"

刚才的青玉，是不是特别难过，以至于一滴泪都没有流下来。

第二十一章　伤心人

　　"哥哥，你快追出去，去解释，去解释。"杜若哭着摇晃着杜衡。杜衡沙哑地说着，"啊？啊！我去！我去！"

　　"那还不快去啊！"

　　杜若后面的尾音还没结束，杜衡就追了出去。

　　杜若恶狠狠地看向站在屋里的杜林峰，冷笑道："你儿子，看样子，应该爱上了青玉，不然，依照他的个性，不追出去是不可能的。但是他犹豫了，害怕了，就像我一样，胆小鬼，呵呵呵，呵呵呵，你这次就等着我和你儿子被毁掉吧！"

　　杜林峰身体向后一晃，手扶住身后的桌子。这孩子，还是在她妈妈死的时候，露出那般讨厌他的神情和冷冷的眼神。他杜林峰付出那么多年的心血才挽回她，可现在的杜若，那般冰冷的眼神，直射他的心脏。

　　"是不是错了？是不是错了？"杜林峰反复地说着。

　　杜衡追出去后，一直沿着来时的路，仔细地找着青玉。

　　失魂落魄的青玉刚出门就忍不住低头痛哭。忽然出现了一个人，冷冷地说："哭又有什么用。"是宸太子！

　　青玉像抓到救命稻草般哀求着他，带她走，带她去一个所有人都找不到的地方。

　　宸太子冷冷地问："凭什么帮你。"

　　青玉倔强地转身，避开他，继续向前失魂落魄地跑去。

　　宸太子大步追上去，一把扛起青玉，青玉挣扎着，宸太子冰冷地说："最好别动，带你去一个任何人都找不到的地方。"

青玉安安静静地任由这个男人，把她放进车里，带着她离开。

青玉靠在车座上，一只手捂住自己的眼睛，眼泪从指缝间流了出来。宸太子的心，一颤一颤的。当年，他还小，他的妈妈也是坐在自己的右侧，也是这样哭着，然后就再也没有回来过。

青玉靠在宸太子的肩膀上，哭得稀里哗啦的。宸太子，僵着身子动都不敢动，任由青玉哭着。

这边的杜衡，发了疯的找着，他安慰自己，只是完成任务而已，别担心，女人哄哄就好，可是，为什么总是有股害怕的情绪，怕再也见不到她。

杜若追上杜衡，急切地问："找到没有？"

杜衡失声地说："杜若，我好像爱上她了，怎么办？"

"我知道，我知道，从演唱会的那次我就知道了。青玉那样的傻瓜，总是那样让人疼爱和喜欢，更何况你是步步设陷阱，让她跳进去，难道你能全身而退吗？"

"你后来不肯帮我们收集资料，是不是因为，你把她当最好的朋友了？"

"哥，我早就当青玉是亲人了，她给我的，是你们都不曾给过的温暖。"

"对了，快，快回头，开车去找青玉的妈妈，青玉不可能不联系她妈妈的。"

兄妹两个人，快速回到家，提了车，就向青玉家出发。

有没有这样的时候，当你特别想找到一个人的时候，老天就像和你开玩笑一般，把你要找的人藏起来，可能就会错过一生。

杜衡和杜若到了青玉家，怎么敲门都没人答应。隔壁的人出来说："他们出去了。"

杜衡急切地问："知道去哪儿了吗？"

隔壁的老太太说："这哪知道啊？就看到几个穿着西服的人和她家主人一起走了啊！"

杜衡思索着，谁会在这个时候，带走她妈妈？

杜若打了很多电话给青玉，都是转入语音信箱。打给青玉妈妈，也是这样。杜若说："报警吧！"

杜衡说："先别动，回家调查监控。"

"嗯，我来打电话，让他们看好监控室。"

说着两个人又开车回家去了。本是快结婚的一对璧人，就连请柬都发出去了。却偏偏在这个时候被青玉知道事情的真相。杜衡恼怒地敲着方向盘，杜若侧脸看向杜衡，哭着说："哥，青玉是不是不会原谅我？"

杜衡摇了摇头，没说话。

其实两个人都明白，就算解释青玉也不一定会原谅，只希望能找到青玉，找到她，看她安不安全。

这边宸太子把青玉送到了他外公的别墅。自打他妈妈离开后，他就很少到这来找他外公。青玉下了车后，感受到了周围的幽静，呆呆地看着宸太子，宸太子笑着说："我外公原本是军区的将领，退休后就一直住在这儿，我让我外公带你进去，最安全的地方就是这儿。"

青玉感激地看着宸太子，真诚地说了声谢谢。

宸太子领着青玉拜见了他的外公，青玉因为心情比较差，恍恍惚惚的，他外公看到宸太子，开心地冲上去抱住宸太子，然后眼睛扫了他一圈，爽朗地说："臭小子，肉结实了啊？"

宸太子脸上浮现出孩子般的笑容，喊道："你可别欺负我带过来的人啊？"

"你说这个魂都飞走的小姑娘？"

宸太子点了点头。青玉看两个人都注视着自己，才觉得她走神是不礼貌的，于是喊了声爷爷好。

这军人可不在乎这些，他眼睛眯起来，打量着青玉，然后乐呵呵地道："小姑娘，你就喊我施老头，别客气啊！"

"嗯，那就打扰了。"

宸太子找人安排青玉的住处，青玉跟在宸太子后面，一句话也没有说。

"别担心，你妈马上也到这边，我把阿姨接过来了。"

"啊……"青玉听到宸太子的话，吃了一惊。

青玉愣了愣，没有说话，也没有力气感谢，一路上也没有话可说。

宸太子给青玉安排了一个环境优雅的房间，就径直出去了。

青玉打量着房间，从布局到格调，自己都很喜欢。青玉拿出手机，想开机，可是又怕接到杜衡、杜若的电话。青玉不是斤斤计较的人，可是她却不想被伤害还要委屈自己。

她看到屏风后面有一架古筝，青玉都不记得上次弹古筝是什么时候了。她用素手抚摸着古筝，满腔的悲伤，满肚子的委屈。她坐在古筝前面，调了音，素手一弹，一股哀而不伤的音调从古筝里散发出去。青玉清了清嗓子，一首《清平调》缓缓而出。

站在不远处的宸太子，听到青玉的琴音和歌声，静静地倾听着。曲调时快时慢，高低起伏，配上歌声，温婉无比他静静地站在那儿，闭上眼睛，仿佛听见了花开的声音，又似乎听到了花落之声，缠绵的时候，是那样惊喜，分开的时候，那样伤痛。青玉将心中的情绪倾注在古筝中，宸太子站了一会，就离开了。

青玉的妈妈来了，宸太子忙去迎接她。

"请问，你是？"青玉妈妈开口问宸太子。

宸太子很有礼貌地微低着头："我叫世宸，伯母可以叫我阿宸。"

"可不可以告诉我，青玉怎么了？"

"伯母还是自己问她吧，最近，你们可能就在这别墅，最好不要联系外界的人，青玉不想联系杜家兄妹。而且，我也不想她受伤。"

青玉妈妈看着宸太子冷峻的脸上，闪过一丝担忧和心疼。青玉妈妈没有继续说话，她听到了琴音。她心疼她的孩子，这孩子，从小就那样好强，尤其她爸爸离开后，所有苦都自己咽下去，从来不抱怨。而今的琴音却带有浓浓的伤感。

宸太子将青玉妈妈送到青玉身边，就道了再见。

青玉边哭边弹着，把曲调的魂体现得那么完美。青玉的妈妈却无心欣赏这音乐，而是默默地流着眼泪。青玉抬头看到她的妈妈，眼泪更加止不住。青玉抛下古筝，跑到她妈妈身边，躲进了她妈妈的怀抱里。

杜衡像失了魂一样，到处找青玉，杜若带着她把青玉能出现的地方都找了一遍，就是不见踪影。

青玉哭着讲完了事情的经过，妈妈心疼地说："阿玉，妈妈希望你开心，对不起，是妈妈没用。"

青玉看到妈妈哭了，心里更是抽搐，喘不过气。杜衡，杜若，我是不会原谅你们的。青玉暗暗发誓，这辈子，也终将不再见他们。

宸太子敲了敲门，青玉妈妈开的门，青玉哭得太累，趴在床上就睡着了。宸太子站在门口望了望里面，心想，这丫头，现在喊起来恐怕也不会吃饭，索性就让她多睡会。

青玉妈妈看了宸太子一眼："阿宸啊，有事吗？"

"既然她睡着了，那就等她醒来再吃饭吧。伯母，我们一起去吃饭吧。"

"我等等青玉吧，她真的受苦了。"

"伯母，你还要照顾她，得吃饭，不然没力气开导她。"

青玉妈妈想了想，点了点头，宸太子和青玉妈妈并排走着。青玉妈妈和气地问："阿宸，杜若和杜衡的事情，你应该早就知道了吧？"

"伯母是想说什么，知情不报？还是该劝其放手。"宸太子停下来，淡淡地问着。

"倒不是，只是不明白，为何你要帮助青玉。"

宸太子冷静地说："因为我喜欢她。"

青玉妈妈惊奇地看着宸太子，像宸太子如此坦荡还真的少见。没想到他居然这样坦诚，青玉妈妈倒觉得是自己太小人了。

"伯母放心，我不是乘人之危，只是不想她连躲的地方都没有。"宸太子淡然地说道。

　　青玉的妈妈放心了许多，她不想青玉刚被伤害，在理智不清楚下，接受别人的好，从而把感激和感情混淆了。

第二十二章　避之不及

吃饭的时候很安静。青玉妈本就是不爱说话的人，宸太子的性格也较为冷淡，一时间，饭桌上只听到吃饭的声音，吃了一半的时候，宸太子的外公，施将军进来了。

青玉妈妈放下碗筷，站了起来，礼貌地说："打扰了。"

施将军摸摸胡子，和气地笑道："我这老头，一生拼搏，动过真枪实弹，如今，偌大的地方，是国家给我的安生之地，这小子，从来不带人进来，看出来，你们对他很重要，就别客气了，安心住下来，正好陪陪我这老头。孤家寡人的日子不好过啊。"

青玉妈妈点了点头，叹气道："最怕就是爱的人走了，自己还得好好活着。"

施将军踱步向前，边走边看着宸太子，嘴里念叨叨地说："这孩子，从小黏着我，现在都不搭理我，哼，嫌弃我这把老骨头。"手还不停地摸着胡须。

宸太子没有说话，眼睛都不曾抬起来，继续吃着饭。

气得施将军，一跳一跳的。青玉妈妈连忙劝道："孩子大了都这样，尤其是男孩子，您就别生气了。坐下来，吃点儿饭，压压火。"

施将军冰冷的脸，浮现出笑容，乐呵呵地说："这下子好了，老子生气都有人哄着，哈哈哈。"

青玉妈妈站在施将军身侧，顿时不知道说什么。

看来老年人都需要陪伴，哪怕曾经是军人，铁血般的人物，老了，内心还是空虚的。青玉妈妈知道，这次帮助青玉的就是宸太子。她看得出来，宸太子虽然看上去冷酷无情，这样的人，一旦动情才会痴情。但愿青玉会很快走出来。

宸太子看着青玉妈妈，客气地说道："阿姨，快坐下来吃饭吧。"说完还站起来，走过去拉着青玉妈妈坐了下来。青玉妈妈心里很感激他们，而且最重要的是很自在，无须多考虑其他的事情。

饭后，施将军坚持让宸太子去给青玉端点饭菜，还让青玉妈妈陪着下棋，其心可见。青玉妈妈知道施将军如此安排的用意，便不多说，和施将军到园子里下棋去了。

宸太子端着鸡汤还有饭菜，走向青玉的房间。走两步又回头，纠结了很久，才走到门口。站在门口的他，手里拿着托盘，想着是敲门，还是把饭菜放在门口。拿不定主意的时候，门突然打开了。

青玉红肿着眼睛，散着头发，衣服也没整理好，开门就见到宸太子蹙着眉头，像是在思考什么。青玉看到他手里的饭菜，心里滑过一阵暖流，这样的人，居然端着饭菜过来。

"煮多了，吃不掉，想着不能浪费，这边没有佣人，只好自己给你送过来。"宸太子一边说着，一边把托盘塞给青玉。青玉软弱无力地接过托盘，想开口说声谢谢的时候，宸太子就飞快地转身，走掉了。

青玉嘀咕道："煮多了？没佣人？"说完还朝宸太子离开的方向看了看。他那笔挺的背影，急促的离开，青玉这才想起来，这军区怎么可能没有专门烧饭菜的人。看来，是他在撒谎！

知其好意，不能辜负。可是，青玉一口也咽不下去。饭菜原封未动地摆在桌子上。青玉妈妈以为宸太子会陪着青玉，便安心地陪着施将军下围棋，这两人，旗鼓相当。施将军满是钦佩地夸赞道："没想到你一介女流，看上去文文弱弱，心中居然有如此坦荡的胸怀，甚至有如此看破执念的心态，确实不易。"

"将军才是棋艺高超，如果不是将军让着我，恐怕，我这围棋下得就狼狈了。"说罢，便放了一个黑子在边角处。

施将军看到青玉妈妈落的子，思索了好一会儿，大笑道："这一局，我输了。"

"碰巧而已！"

青玉妈妈淡然地说道。这让施将军更加欢喜，妈妈都这般厉害，那教出来的孩子，更是与众不同吧，他对青玉就越发的好奇。

"青玉妈，咱们下了这么久的棋，得去看看这俩孩子了。"

青玉妈妈首先站起来，给施将军鞠了一躬，施将军连忙扶着她的膀子，不解地问，"这是干……干吗呀？"

"青玉这孩子，父亲去世后，就不曾真的开心，这次被最亲的人还有爱的人同时背叛，她心里是想逃避的。这个地方是您老提供的，真是万分感谢。"

"放心好了，老子在一天，这就是青玉的家，也是你的家。"

青玉妈妈感激地看着施将军，不知道怎么开口说感谢，毕竟今天才认识。

施将军说道："我女儿倘若听我的，不嫁给郝家，或许如今还活着。应该和你一般大。"

施将军说完，眼睛就湿润了，多少年来，他都不敢提到"女儿"两个字。看见青玉妈妈，仿佛看到了自己的女儿。

青玉妈妈，心疼地道："人世间太多离别，您老还是想开点。"

施将军感叹道："最怕的就是离别，再也见不到。你可得好好开导你的女儿。我女儿就是太固执，才会放不开。"

"会的，一切都会好的。当初青玉爸爸去世，那样的打击都挺过来了，还有什么过不去，只是时间问题。一切留给时间去评价对与错。"

施将军叹了口气，道："但愿吧，有些事情，避之不及，就不要躲，勇敢面对，放下才是真理。"

"可不是吗？说得简单，做起来太难。"

施将军双手束在身后，抬头看了看天，迈开脚步，青玉妈妈跟在后面。

青玉的房间很幽静，她只听得到自己的呼吸声和心跳声，她觉得整个世界都和她隔离了，她很喜欢这种感觉，最起码，不用面对两个欺骗自己的人。

青玉坐在床上，不停地想着，杜若接近自己，到底是什么原因？为什么要接近自己？那么，这么多年的感情，闺密之情，究竟有几分真心？难怪杜衡会那么熟悉自己的喜好，好到有种不真实的感觉。那么，杜衡说做我的杜先生，也是假的？他们是兄妹！杜若，杜衡，本就取自《楚辞》，为何偏偏自己不信自己的直觉。为什么，究竟为什么？

疑问盘踞在脑海中，挣扎着，撕扯着，怎么都解不开！青玉用双手猛地抓着脑袋，到底怎么回事？有没有人能解释？头脑里面不断浮现过往，回忆是很残忍的。

眼泪不停地往下流，青玉哭喊着，忍着。她想不明白，为何短短一天，所有的事情都变了。她耳边一直重复着他们的对话，那一句句，像刻章一样，在青玉的心上，刻着每个字。

青玉闭上眼睛，都能够感到心脏的疼痛。

她想问杜若，为什么接近自己，为什么要取得自己的信任？

想问她，那么多的相依相伴，是真心还是假意？

想问个明白，那些过去的承诺，到底有几分真，想问她。自己身上到底有什么价值？她该恨吗？明明错的是她，为何自己会这般痛。两年多的相伴，默契，是假的吗？以后的路，是不是就得一个人走！

那么杜衡从一开始遇见自己，就是设计好的？温文尔雅的君子，文质彬彬的绅士，自己甚至曾想过，他就是一道阳光，照亮自己内心的一道阳光。可是自己忘记了，阳光的正面是温暖，背后就是阴影。看星星是假，看日出也是假，就连在台上唱着歌的他，是不是也是虚假的？到底背后的阴谋是什么？

青玉越哭越清醒，想不明白背后的阴谋，只是觉得害怕。自己身边，两年的温暖是假！友情是假！爱情是假！那么什么是真？

青玉哭着哭着，就没有泪了，浑身无力。她甚至感觉自己像被火烧一样，浑身发烫，她恍惚间，看到了杜衡的身影，她下意识地往后缩，疯狂地嘶吼着："你滚，你滚……求求你，放过我，啊啊啊，别过来，求求你。"她的手在飞舞着，敲打着靠她越来越近的男人。

"乖，别怕，我不是杜衡，这里是别墅，杜衡不可能找到你，乖乖。"宸太子用力地抱紧青玉，青玉疯狂地挣扎着，用牙咬着宸太子的臂膀，指甲掐着宸太子的肉，宸太子拍打着青玉的后背，哄她说："乖乖的，别怕，有我在。"

青玉许是折腾累了，慢慢地躺在宸太子的怀里，睡着了。宸太子静静地抱着青玉，感受着她的呼吸，感受着她的体温，多希望这一切没有发生过。

宸太子慢慢地将青玉从怀里放到床上，给她盖上被子。青玉一直迷糊地喊着，"杜若，杜若，我们不要做朋友了，好不好，杜衡，杜衡，杜先生，杜衡……"

宸太子脸黑着，不说一句话，放下青玉就准备离开，可是青玉的手抓住他的衣角，无力地说："别走，行吗？"

宸太子没有说话，就站在床边，青玉的手也没有松开，空气弥漫着寂静的味道。慢慢地，青玉已经缓过来了，她无力地松开手，迷糊地说："让我一个人静一静。"

她的声音软弱无力，嘶哑的声音，让人听着都觉得难过。

宸太子，没有回头，也没有离开。站在原地，轻轻地说着："背叛本身就存在，不去想就好，多回忆在一起的快乐，放过别人就等于放了自己。"

青玉模糊的视线里，有着和他一样的背影，只不过那个背影是那么温暖，可惜却又是假的。青玉闭上眼睛，让泪流进自己的心间。恨，难道不该恨吗？

第二十三章　过去的过去

　　那一夜，宸太子一直站在床边，离着青玉不远不近的距离，直到青玉沉睡，才离开。期间青玉盯着他的背影，脸色苍白，难过得说不出话来的时候，宸太子就不停地重复着一句话："想想他的好。"青玉总是反驳地说："那种好，都分不清是真是假。"然后两个人就是无限沉默。

　　第二天早上，青玉醒来后，想不起来昨晚发生了什么事情，只记得自己好像都没有洗漱。她狠狠地把自己鄙视了一把，起床的时候，发现床边居然有衣服，样子颜色青玉都很喜欢。她不确定这是谁的，这时候，门被打开，青玉的妈妈端着热腾腾的饭菜，走了进来。

　　"醒了啊，快去换身衣服，来吃早饭。"青玉妈妈右手将托盘放在桌上，左手将手机拿给青玉。

　　"这是阿宸让我给你的，他说没有插卡，给你听歌，看小说。"

　　"妈妈，这衣服？"青玉指着床边的衣服，询问道。

　　"这是阿宸找人买了送过来的，我们不能平白无故地接受这样的好。"

　　"我会把钱还给他的。我去洗澡了。"

　　"好。"

　　青玉妈妈很心疼，这孩子，无论心里有什么事情，都不会跟妈妈说，就这样默默地自己承受着。

　　青玉去洗澡了，青玉妈妈想着，该给老将军送点茶了，就出去了。

　　然而她不曾想，两顿没饭吃，没喝水的青玉，是多么疲倦，加之她还哭了好久，所以在浴室的温度下，没有支撑住，就这样啪的一声，摔在地上。

这一声响恰好被路过，进来看看青玉的宸太子听到了，他没有多想就冲进去了。一进去，就看到晕倒在地上的青玉，一丝不挂。宸太子，瞬间脸红了，快速从浴室的衣架上抽取了一条大浴巾，铺在青玉的身上，将她包裹好，从浴室里面抱了出来，横放在床上，便打电话给了军医。但转念一想，青玉可没穿衣服啊！

他红着脸，拿开浴巾，看到青玉洁白的身体，他一阵口干舌燥。他压着内心的欲望，像朝拜天神一样的虔诚，丝毫不让自己有一丝邪念。他快速地给青玉穿上衣服，军医来的时候，恰巧碰到在院子里锻炼身体的施将军还有青玉妈妈，两人闻讯赶来。

军医是一个半百的老中医，进来看到青玉，稍微检查了一下就判断出这是郁结于心，思虑过多，神伤。宸太子抓着医生的手说："我不管什么郁结心，你一定要把她治好，我要她正常！"

"小宸，不得对叔叔无理！"施将军呵斥道。

青玉妈妈着急地问："医生，你先看看，有没有什么伤痕，到底怎么样？"说话的声音带着哽咽。青玉嘴巴紧闭，脸色白的像医生的白大褂，毫无血色。

医生说："你们先离远点，病人需要安静。"说完就把手搭在青玉的右手腕上。把脉是中医的关键。一分钟过去，医生拿出银针，分别扎进她两只手的虎口，青玉哼了一声，眼睛微微动了一下。医生站起来，拿出药箱开了几剂药给宸太子，叹口气道："其实就是身体虚，然后浴室温度高，受了热气。可是，这姑娘心思太重，郁结于心。还是多陪陪她，疏导一下。不然，会成为心病的。"

青玉妈妈握着医生的手，感激地说道："真的是谢谢你了，医生。"

医生摆了摆手，淡然地说："应该的。"便拿着药箱离开了。

屋里的三个人，没有说话，施将军摇了摇头，走出了房间。青玉妈妈去浴室洗了毛巾，敷在青玉的额头上，坐在床边紧握青玉的手。宸太子深吸一口气，将桌上的豆浆端了过来："伯母，把这个给她喂下去。"

"她这个样子，喂得下去吗？"青玉妈妈抬头看着宸太子。

"那我来喂。"

青玉妈妈听完就站了起来，给宸太子让了位置，宸太子小心翼翼地用勺子将豆浆灌进去。可是豆浆从青玉嘴巴里流出来，显然是喝不进去，喂不进去了。

宸太子将头俯在青玉的右耳旁，冷呵呵地说："凌青玉，不管你听没听见，再喂不进去，我就用嘴巴喂。"

说完就拿起勺子，继续喂着青玉。想必青玉昏睡的时候，也是听到了宸太子的话，不然怎么喂得进去？不过，宸太子倒希望可以用嘴巴来喂青玉。

将一碗豆浆全部喂完后，宸太子微微一笑，心想，看来还是对她霸道点好。

他将碗轻轻地放在床边的柜子上，手慢慢地伸向她的额头，为她抚平蹙起来的眉头。青玉的眉头慢慢舒展，宸太子冰冷的手，滑过她的额头，一丝丝冷意传到青玉的心里，和杜衡完全是两种感觉，但是昏睡中的青玉，还是察觉到有一种温暖。青玉的妈妈看着宸太子，心里放心了很多。或许，宸太子更适合照顾青玉，她便小心翼翼地离开了。

宸太子就坐在床边，一直为青玉舒展着眉头，不知道过了多久，宸太子放开手的时候，她的眉头不再紧蹙，甜甜地睡着了。他缓缓地站了起来，是时候，该去看看杜衡和杜若了。想到杜衡，他下意识地看了看青玉的那张脸。宸太子没有多说什么，既然你伤害了她，就由我来照顾她。

他知道青玉这个时候，还在昏睡着，轻轻地说："其实，第一次见到你，我以为你是跟其他员工一样，想吸引我的注意力。后来发现你的与众不同。过去的，怎么做，你才能不去想，不去难过。"说罢，叹了口气，便离开了。

宸太子不知道，在他转身的时候，青玉其实已经醒了。他那浅浅的、淡淡的声音，恰好被青玉听到了。青玉恍惚了起来，宸太子，这个男人青玉一直不敢去想。如今想来，他很冷，也很严肃。曾故意刁难自己，曾故意任凭别人侮辱她，曾强迫自己做不喜欢的事情，曾瞧不起自己的能力，为何现在想来，自己和他根本没有任何矛盾。其实，自己一直逃避，她假装没有听到他的心声，如果感觉没错，宸太子，应该是喜欢自己的。

可是杜衡给自己的伤痛，让她再也不敢轻易接受别人的好。

狮子座的女生不会轻易交出自己的心，一旦交出，就此生不变。青玉庆幸自己，在将身心完全交出去的时候，看清了杜衡的真实一面。青玉深深的恨意中，多了几分感激。最起码，感激上天没有在婚后的某天，将真实剖开给她看。那时候，会比如今还要痛苦。

青玉摸索着，在床的枕头下面，找到了手机。她滑过开机键盘，打开手机里面的音乐。她看了列表，看来这家伙还蛮有情调的，每首歌，无论华语乐坛，还是日韩，欧美的，都是高品质的音乐。缓慢的音乐节奏，低语细说的歌词，那些听了都觉得悲伤的声音，让青玉的泪又再一次止不住。

一起长大的约定，那样清晰。一辈子的杜先生，这句誓言还在脑袋里盘旋着，但是现实中，却再也不会成为一辈子的杜先生。这首《蒲公英的约定》，以后青玉要一直听着，她要提醒她自己，这是多么愚蠢的过去。

可为什么心还是很疼，脑袋里还是念着他。青玉打开 QQ，设置成隐身，她不想让任何人联系她，只想静静地消化自己的悲伤。哪里晓得 QQ 刚登上去，就有好多信息，都是杜若的。青玉想打开看看，可是直觉告诉她，没有必要。她从知道杜衡和杜若是兄妹，故意接近自己的时候，就断定杜衡所有的一切都只是逢场作戏。

青玉没有打开，有时候，不得不信，该是你的因缘，就是你的！不该是你的因缘，怎么结善都没有福报。

打开留言板，满满都是杜若新的留言，青玉还是选择不看。她知道自己打开 QQ 一定会看到这些内容的。但是她只是想看看，杜衡有没有试着挽回，无论真情也好，假意也罢。

因为杜衡很少用 QQ，一般都用微信，青玉忍不住地想登上微信，可是她怕，怕杜衡承认自己从来没有爱过，她甚至怕登上微信，自己控制不住自己的内心。青玉终究还是没有勇气打开微信，怕听到解释，然后选择原谅。青玉不想听到解释，因为她不愿意原谅背叛她的人。青玉爱憎分明，可以不恨，也可以不爱，但是绝对不能没有尊严地无条件地原谅。

　　是，我还是很爱你，但是我已经没有了跟你在一起的勇气，所以解释就显得多余了。青玉想了想，把微信和 QQ 软件从手机里面卸载了。

　　既然不想看他们的解释，不愿见到他们，不愿听到他们的声音，那就选择遗忘吧。

　　青玉紧闭着眼睛，努力让眼泪回流，可是眼泪还是不争气地流了下来。

第二十四章　杜衡的忧伤

天辰集团的大门口，阳光依旧那样明媚，唯一不同的是，青玉不可能再到这里上班了。宸太子，站在门口，呆呆地出神。这个集团，每天是不是都会有人选择离开。宸太子不愿意多想，慢慢走着。

还没到大厅，就看到杜衡胡子邋遢，身上的衣服还是上次追青玉出来解释时候的衣服。他躺在大厅接待客人的椅子上，眼睛顶着很深的黑眼圈，脸色憔悴。李光从外面进来，看见消失两天多的宸太子，顺着太子的目光，就看到了杜衡。

宸太子走到杜衡的身边，听到杜衡发出的均匀的呼吸声，他可能真的很累。宸太子坐在他的身侧，不屑地看着他。虽然，自己也曾想过接近青玉，但不曾精心设计，让青玉爱上自己。宸太子鄙夷地瞧着杜衡。

他从来没见过杜衡这般颓废的样子，苍白的脸上，深深的忧伤，眉毛都紧蹙在一起，复杂而多变。杜衡和宸太子一样，都是孤傲的人。只不过外人看来，宸太子霸道一点，杜衡温和一点。可是，本质上都是一样的人。宸太子从杜衡的衣着和桌上烟灰缸里的烟头，断定杜衡肯定不曾想过，他自己戴着面具去演戏，却因入戏太深，无法自拔。

每个人在生活的这本书中，都在演戏，有的人努力让自己看起来真实一点，有的人为了真实而真实，无论哪种人，大家都在演戏。更何况这场精心策划的爱情，他自己写的剧本，却没有猜出自己的结局。按照他对杜衡的了解，原定的剧本，他的结局，肯定是，只要想抽身，就一定会很洒脱。如今看来，杜衡是陷进去了。

"你打算就这样一直颓废下去？"宸太子不温不火地问着。

"看来，你知道我醒来了。"

"你的警觉性那么高，能不醒吗？"

"我可以当作堂堂郝家大少爷在夸我吗？"

"随便！"

杜衡从口袋里拿出一包烟，点燃。，抽着烟的杜衡，看起来是多么让人觉得想打醒他，明明是优雅的人，如今却毫无形象、懒散地坐在椅子上，烟雾弥漫在周围。宸太子想了想，然后很认真地说："想不想知道青玉在哪里？"

杜衡拿着烟的手，顿了一下，抬了下眉头，心里大抵有数了。原来在这么短时间内，接走青玉和青玉妈妈的是你！难怪撒网找都没有发现青玉的踪影。虽然不知道宸太子打的什么算盘，但内心的想念，让杜衡来不及思考要不要隐藏自己对青玉的喜欢，不，是对青玉的爱。

在商场多年的杜衡，早就不是一张白纸，每次无懈可击的就是他的完美，完美到没有弱点，没有露给对方自己最软的攻击点。

他弹飞烟上的灰烬，疲倦地说："说吧，条件是什么？"

宸太子哑然失笑，切的一声，便起身，头也不回地走了。

"妈的。"杜衡看到宸太子鄙夷的眼神，生气地将烟灰缸砸在地上，惊得大厅的人，都注意着他。杜衡无心维持自己的形象，依照杜若对青玉的了解，青玉肯定还会回来上班，自己就坐在这里等她来。

宸太子知道杜衡会过来求自己的。他也要让他尝一尝十二年前的滋味。宸太子嘴角微微扬起，发出一阵冷笑。

杜衡望眼欲穿，就是看不到昔日那张素雅的脸，看不到散发着荷花般出淤泥而不染的气质，看不到，听不到，碰不到。如果早知道，被揭开真相会失去，失去那么痛苦的话，当初自己该让自己不要爱上，不要陷进去。可惜，这个世界时光不会倒流，没有后悔药。谎言再美丽，也终究会被狠狠揭穿。

　　宸太子坐在办公室的椅子上，看着两天不曾处理的文件，用手揉了揉眼睛，他突然想，反正公司有人打理着，自己为何不把文件带到外公的别墅去处理，这样一来可以时刻看到青玉。二来，也有青玉帮忙。他突然意识到，自己是不是疯了，居然会有这样的想法。他不断提醒自己，青玉爱的是杜衡，可心中终会有一个声音提醒他，现在他们不会再在一起。可是，他又觉得自己很卑鄙，这就是赤裸裸地趁火打劫，这不是他的风格。可是，为了那样的人，做一次劫匪，又有何不可。

　　门哗啦一下被撞开，杜衡怒气冲冲地冲进来，双手拍在宸太子的办公桌上。宸太子倚在老板椅上，不耐烦地看着杜衡，杜衡看到宸太子云淡风轻的脸，心中的忧伤夹杂着这几天的劳累，一下子爆发出来。

　　他大声吼着，脖子的筋都爆了起来："告诉我，你把她藏到哪儿去了？别逼我！"

　　"她不想见你！"宸太子冷冷地说。

　　杜衡将桌上的君子兰砸在地上，宸太子看到碎在地上的君子兰，心里无名地升起一团火，他郝世宸的东西，什么时候轮到杜衡摔了？就算是他不喜欢的君子兰，他也不允许别人碰一下。

　　宸太子冲上来就给了杜衡一拳，打得杜衡嘴角都流血了。换作平时，杜衡绝对不会还手，直接无视这样无理的人，丢给警察和律师。可是，一想到青玉被他藏起来，保护着，心里压制不住的怒火，快将自己点燃。他冲上去，撸起袖子，给了宸太子一拳，两个人打红了眼，你来我往，都快将办公室拆了。杜衡的力气要弱一点，很快就被宸太子压倒在地上。宸太子刚想一拳打歪杜衡的嘴巴，杜若冲了进去，推开宸太子，把杜衡拉了起来。宸太子整理了一下衣服，用手拭去嘴角的血。

　　杜衡踉踉跄跄地站着，泄了气地说："无论你说什么条件，哪怕让我离开天辰，我也同意，你把青玉的地址告诉我。"

　　"不可能，你离不离开对于我来说，都没有区别。而青玉，没有她的点头，我不会告诉你。"

　　跟随着杜衡一起闯进来的杜若，心就像碎了一样，她从小就喜欢宸太子，宸太子小的时候，就爱捉弄她，一开始的时候，杜若很讨厌，一直把自己锻炼得很坚强。许是十二年前，宸太子妈妈离开后，自己也失去了妈妈，所以他们两个人的关系，虽然没有明确是男女朋友，但是那种暧昧，比男女朋友还要甜蜜。杜若很清楚，一直都很清楚，自己爱的人是宸太子。可是，因为哥哥，他们的关系一直是面和心不和。而如今，知道宸太子给青玉安排地方，让他们找不到。自己的哥哥，为了青玉，愿意放弃和宸太子竞争。

　　中心点再也不是自己，而是自己的闺密，青玉。虽然心里对青玉满满的愧疚，但是女人的嫉妒心还是会影响彼此的感情。

　　杜若愤恨地说道："你们这样有意思吗？问过青玉了没有？"

　　宸太子冷冷地看了杜若一眼，冷笑道："五年前的决定，不是该知道今天的结果吗？你虽然讨厌你父亲，却很爱你的哥哥。我和你哥哥，你永远站在你哥哥那边，好，可以。不是要问青玉的地址吗？我问过她的意思，再决定。"

　　杜若很冷，她感受到来自宸太子身上的距离，和那冷冷的目光。她的心沉了，难道一辈子都要这样，为什么，为什么自己要出生在杜家。

　　杜衡无力地说："不必给我答复！"转身离开了。

　　宸太子冷笑着说："杜若，不要抱怨，抱怨没有用，出身不能决定什么。为你自己活一次吧，勇敢地活一次。"

　　他的冷笑声滑过杜若的心口。

　　杜若记得五年前，当杜衡喜欢方家大小姐的时候，方家大小姐喜欢宸太子，对宸太子穷追不舍。当时的宸太子不知道自己喜欢的是杜若还是方家大小姐，总是避开她们两个人。然而简单的方家大小姐方新月以前无古人后无来者的热情，疯狂地追着宸太子。像个跟屁虫，还浪漫到在集团门口摆玫瑰花表白，整个天辰都知道，有一种勇敢叫作方新月。

　　可是单相思总是会累的，有一次下雨，方新月一个人走在路上淋着雨。杜衡看到之后，安慰了方新月，然后打了宸太子一顿。方新月第二日一气之下嫁给了周家大少爷。

那时候，杜若责怪宸太子为何让女孩子一个人，在下雨天走在大马路上。如果喜欢就接受，不要耽误大家。那天她说了很多混账话，杜若现在回忆起来，都悔恨不已。

"活该爱你的人都离开你，你妈妈也是。"杜若当时这样对宸太子说。

这句话脱口而出后，宸太子的脸就铁青般的沉着。自打那次后，宸太子就更沉默，整个人都变了，由此传出恶魔太子的称号。

杜若胸口隐隐约约地疼痛，五年了，为何还是会痛？

宸太子冷冷地看着杜若，他知道杜若在回忆，可是那又如何，注定今生不会再有交集，就无须担忧，反正自己是绝情之人，不必在乎。

然后他毫无表情地从杜若身边走开。

杜若跌坐在地上，今生，或许，都不可能再得到他的信任。

社会就是这样，建立信任需要很久，失去他人的信任，却在一瞬间。

第二十五章　再见

宸太子离开办公室后，发现后面有人跟着，嘴角轻轻上扬，不屑地道："想跟踪我，得看看有没有这个本事。"

宸太子故作慢悠悠地到专属车位，提车，然后悠闲地哼着曲调，打开车门，慢吞吞地进去。然后开车，刚开始的速度很慢，悠闲悠闲的。明明是可以飙车的好车，却硬生生地变成了电动车，跟着宸太子的车，不敢直接跟在后面，间隔了一辆。宸太子从后视镜确定好跟踪车辆的位置，一个红灯过去，开起了百码速度，从拐弯处开了过去。正因为知道这条路的拐角比较多，才会选择这条路。跟踪的车，拐进去之后，才看到三四个转弯口，应该走哪个？

"天哪，跟丢了。"开车的大胡子咧着嘴骂道。

坐在后面的杜衡冷笑道："早就知道，他要玩这一招。去调查一下，近期宸太子有没有出A城。"

"老板，是不是回去？"大胡子小心翼翼地问着，生怕触着杜衡的霉头，平白无故地被骂。

杜衡没有说话，闭上眼睛。大胡子没办法，只好掉头，把杜衡送回家，或许这样才能让杜衡冷静一点。

别墅的大门紧闭着，宸太子看着门上斑痕点点的样子，想起他妈妈把他送到这里时的情景。

那年，妈妈还是一个女兵军官，外公总是把妈妈关进去，然后很久都不会出来。自己每天都要乖乖地在门口等着，等着，终于等到妈妈出来了，可是没过多久，妈妈还会再回去，直到那一年，妈妈去世。

如今，自己长大了，却再也不愿意等了。

宸太子将车开了进去，当他走到青玉房间的时候，他踌躇了，真的该问吗？他徘徊在门口，不知道该不该进去。他推开门，慢慢走了进去，青玉躺在床上，脸上没有血色，沉沉地睡着。他赶忙用手去试一下青玉额头的温度，热得烫人，他低声骂了一句："天哪，怎么就留你一个人在这里。"说着抱起青玉，就往外冲，刚到门口就看到青玉妈妈端着药，青玉妈妈急切地问："阿宸，你这是干什么？"

"她烧成这样，不晓得送医院？"宸太子眉毛上挑，语气很重。

青玉妈妈不好意思地说了句："早上就发现了，可是她坚持不去医院，她很固执的，我不敢送，她会生气，不理我的。医生说，这药喝下去就好了。"

"你们就这样由着她？"宸太子很生气地说。

"没办法，从她爸爸去世，她就不敢进医院。"青玉妈妈垂下眼睑。

宸太子心一沉，是啊！她的父亲去世了，她本该过着公主般的生活的，宸太子愧疚地看着躺在他怀里无力的青玉。他叹了一口气，又将青玉抱回屋里，轻放在床上，拿过青玉妈妈手中的药，喂青玉。

可是青玉的嘴巴紧闭，药根本喂不进去。宸太子端起药碗，猛地喝了一口，药在嘴巴里面，苦涩的味道就像苦咖啡，宸太子俯身吻上青玉，以嘴巴喂青玉喝药。青玉妈妈在旁边看着，心里很不舒服，可是除了这个方法，还能有什么办法？只希望眼前的这个冷峻的男人，是真心对青玉的。青玉妈妈觉得自己老了，她想起施将军说的话，要想青玉完全走出来，就不要再照顾她，把青玉交给宸太子，说不定会遇到不一样的烟火。

青玉妈妈问施将军："为什么非要找阿宸？"

施将军笑着说："人都有私欲，我想我的外孙能幸福。"

青玉妈妈看着宸太子一口一口地喂着青玉，心里明白，这或许，才是真的爱。

宸太子将一大碗的药，全数喂给青玉。青玉脸色渐渐有点儿血色，宸太子怔怔地出神。青玉妈妈开口说道："阿宸，我们家青玉最近就拜托你了。我想回去给他爸爸上炷香。"

宸太子站了起来，走到她面前，生气地说："为什么妈妈们都是这样，在孩子最需要的时候，要离开！"

青玉妈妈从来没见过宸太子这般生气，他眼睛里布满血丝，嘴角还有被揍的痕迹，眼角还青了一块。青玉妈妈坚决地说："因为青玉更需要你，现在只有你能给她最需要的温暖和关怀。"

宸太子往后退了一步，青玉妈妈向前一步，靠近宸太子，大声地说："你不知道，青玉刚开始喜欢的人是你，见你第一眼，她就说，似曾相识。被你瞧不起，被你激怒，被你压迫，被你误解，她都写在她的记事本里面。虽然是假的，杜衡却给了青玉足够的温暖，可是你呢？"

青玉妈妈说完顿了一下，继续逼近宸太子，一字一顿地说："我只想我的女儿和我一样平凡简单地享受幸福，但是，她既然选择进天辰，我不会阻拦。更不会阻拦她爱上你们其中的一个。但前提是，真心对待。"

宸太子脚下发软，一直以来，温顺的青玉妈妈，和蔼可亲的青玉妈妈，像莲花一样的淡然，超凡脱俗，本以为她什么都不知道。没想到，她的话，这么直白，直直地打到了宸太子的心底。

青玉妈妈收起怒火，转过脸，看了看青玉，伤心地说道："我的女儿，本该找个平凡的人，幸福地生活。"说着就蹲了下去，用手触摸着青玉的脸，吻了青玉一下，青玉妈妈的泪水滑落在青玉的脸颊上。

宸太子失魂落魄地站在床边，青玉其实当初喜欢的是你！

反反复复地想着这句话。

第一次见面的调侃，第二次见面的避嫌，第三次的故意捉弄，第四次的故意吃醋……

这么多的第一次，交集那么少，却让他那么真实的感知到，原来，自己也早就喜欢她的身影。

她的笑，她的沉思，她的默默抵抗，她的哭，她的无力，她的悲伤，原来自己也曾住过她的心上，为何不早点知道，为何不早点发觉，早点发觉，她现在是不是不会那么痛？

青玉的妈妈给了宸太子一个本子，就离开了。

宸太子没有打开，只是静静地看着封面，他打开第一页，秀气的字迹，就像青玉这个人一样，素雅、蕙质兰心。

第一页上，只写了这样的一句话：

"不到最后一刻，千万别放弃，最后得到的好东西，不是幸运，有时候，必须有前面的苦心经营，才有后面的偶然相遇。没有遇见你，我该把最好的自己，收藏起来，不为了前面的过客，错过最好的你。"

青玉……

宸太子修长的手指，抚摸着那隽秀的字，脑海中可以想象到她在灯下写这段话的情绪。还好，没有错过你！

青玉微微一动，嘴里发出一阵声音，宸太子没有听清楚，俯下身体，青玉微弱地说："水……水……"

宸太子连忙把笔记本放在床边，跑到桌子旁，倒了杯温水，又快速地回到床边，扶起青玉，小心地喂青玉喝水。青玉眼睛抬了一下，喝了几口又睡了过去。

青玉侧着身子，窝在宸太子的怀里。她像只可怜的小猫，下雨天无家可归的时候，蜷缩在角落。宸太子心里的一块地方，慢慢被融化了。

青玉的样子还是很痛苦，宸太子想到小的时候，自己生病了，妈妈就唱这首歌。他没有唱过歌给别人听过，他更不知道自己适不适合唱歌。他心里想着，青玉睡着了，自己的歌声难不难听，也无所谓吧。

"风决定要走了，

云怎么挽留，

曾经抵死纠缠放空的手，

情缘似流水，

覆水总难收，

我还站在你离开，

离开的路口，

你既然无心，我也该放手，何必痴痴傻傻纠缠不休。

留一生遗憾，没有我的以后，一个人少喝点酒。

窗台外的衣服有没有人来收。

以后的以后，你是谁的某某某，若是再见，只会让人更难受。

没有你以后……"

青玉双手环抱着宸太子，宸太子坐在床头边，青玉这么一抱，宸太子慢慢停下歌声。青玉醒了，在他怀里面无声地哭着。宸太子没有说话，任凭青玉哭泣。他实在不会哄人，索性给她时间和空间。宸太子知道自己的这首歌唱得并没有多动人，但是却足足地把青玉的眼泪都唱下来了。

青玉哭了好一会儿，发现宸太子的衣服都被弄皱了，讪讪地离开他的怀抱，不好意思地说："谢谢你。"

宸太子看着青玉红着的脸，才发现，两个人挤在一张床上，顿时脸上也挂不住了。准备起身的时候，突然看到放在床边的笔记本。他怕青玉发现，就用手遮住青玉的眼睛，慌乱地说："不能用这么无辜的眼神看着我。"

青玉很老实地问："为什么？"

宸太子慢慢地想挪动自己的位置，去拿笔记本，又怕青玉突然把他的手拿开，就厉声道："千万别睁开你的眼睛看着我，我怕忍不住吃了你。"

青玉听了果然乖乖的，一动不动。由于保持那个姿势时间久了，宸太子移动都觉得困难。肌肉有点麻木，好不容易拿到笔记本，看起来没有地方可以隐藏，就将笔记本塞在被子下面。

被遮住眼睛的青玉，不耐烦地问："你到底搞什么鬼啊？"

宸太子手放了下来。

青玉一睁开红肿的眼睛，入眼看到的就是宸太子纠结的脸，原本就麻了的腿，这会儿动一下都觉得疼。青玉看着他的囧样，笑了起来。宸太子用手敲了敲她的头，温和地说："还不是你这只小猫害的，还幸灾乐祸啊？"

"那我帮你揉一下，就当感谢了。"

宸太子看着青玉水灵灵的眼睛，蒙胧着一层说不清的忧伤，慢慢地靠近她的脸，吻了她的眼睛。惊得青玉向后一缩，宸太子抱歉地看着青玉，调笑道："外公说，女孩子的眼泪多半是甜的，我尝尝，看是不是甜的，回头好找他算账。"

说完还用手揉了揉鼻子，嘿嘿地笑了两声。青玉没有说话，冷冷的有股距离感。宸太子准备下床的时候，由于脚麻了，太疼，差点摔个四脚朝天。青玉扑哧笑了一声，就不计较刚才的事情了。

"伯母去给伯父上香去了，让我照顾你。"由于太疼，宸太子咬着下嘴唇。青玉点了点头，气氛一阵尴尬。

"没什么事情……"

"没什么……"

两个人几乎异口同声地说出这句话，青玉低下头，轻轻地说："你不工作吗？"

"工作！我就是问问你，想不想见杜衡。"青玉猛地抬头，认真地看着宸太子，这时候才注意到，他的脸上明显有打架后的痕迹。青玉伸出手来，急切地查看他的伤势。宸太子淡淡地说："这是杜衡给我的一拳，他要见你。"

青玉没有说话，只是从床上下来，穿着拖鞋，朝客厅的方向走去。宸太子追了上去，拉住她的手臂，半哄道："见或者不见，你自己选择。但是，你也有必要听他的解释。"

青玉叹了口气，微微说道："再见，就是为了将更好的自己，展现给别人看。可是而今，我不想再见。"

宸太子看着青玉远去的背影，手扶着头，揉揉眉头，拿着被子下的笔记本，就离开了。

第二十六章　同居

　　青玉煮好鸡蛋，回到房间，没有看到宸太子，心里一阵失落，本想用鸡蛋敷一下他嘴角的伤口。

　　青玉心里嘀咕着，杜衡也真是的，下手如此得重，可依照宸太子的性格，岂不是杜衡也受伤了！

　　难道是因为她，他们才打了起来！

　　青玉一屁股坐在了椅子上，是不是到了该面对的时候？

　　她用手扶着额头，为何想避开却怎么也躲不开。

　　她打开关了好久的手机，拨通了杜衡的电话。

　　杜衡看到是青玉的号码，犹豫了一下，还是接通了。

　　"青玉，你在哪里？"

　　青玉平淡地说："杜衡，不要出现在我的世界里，好吗？我会离开，不要再找我！"

　　"可以听我解释吗？"杜衡哽咽地说。

　　"我之前那么信任你，可是结果换来的是什么？杜先生！"青玉冷冷地说着，杜衡心都纠到一起去了。

　　"青玉，算我求求你，听我把话说完再挂，好吗？"

　　"好。"

　　"我承认我很卑鄙，从你面试的时候，我就是故意出现。我知道你喜欢什么样的男生，也知道你所有的喜好，我就是按照你的喜好来做的。可是，我不知道从那一刻开始，我分不清楚，自己是那个精心策划，让你爱上我的杜衡？还是早已入戏很深的杜先生？直到你消失在我的视线中，我才知道自己是入戏太深的杜先生。请原谅我，好吗？"

"杜衡，有些伤造成了，就再也好不了。不是不原谅你，而是我没办法再信任你。就算我爱你，你爱我又能怎样，中间隔的东西太多。以后必然小心翼翼地相处着。我不希望自己不快乐。"

"青玉，我长这么大，没有哭过，为了你，我哭过，因为你，我发自内心地笑着。青玉，不去管我们接近你的初衷是什么？不要管，以后会不会再欺骗你。只要我们还爱着，我们离开，去国外，你喜欢哪个国家都可以。好吗？"

青玉听着杜衡的话，心里面的恨意更加浓，随意欺骗，如何让自己做到不去管。夜夜想起自己沉浸在他编织的梦境里，就觉得内心止不住地伤痛。有些事情，过去了就已经过去了，听到那个名字，青玉都觉得心痛，如果再看到熟悉的那张脸，熟悉的温暖，熟悉的味道，熟悉的一切，那么自己必然是好了伤疤，然后一次又一次地揭开。就像热菜一样，一遍一遍，菜就会越热越咸。

"我现在对你，无心，你就放手吧，没有你的以后，我想我会很快乐。"青玉淡淡地说着，就挂了电话。

"杜衡，再见！没有你的以后，我会一个人四处旅游，在某时某地交上三两个朋友，以后的以后，有缘再见吧！"青玉对着手机，淡然地说着。

青玉想好了，离开A城，去一个远一点的地方。有时候为了一个人爱上一座城，又是因为谁，厌倦一座城。青玉浑然不知，宸太子一直站在门外，他听到青玉的话，不知道该庆幸青玉没有原谅杜衡，和杜衡走到一起，还是该遗憾，她为何这般坚决。难道就像杜若说的那样，她是狮子座的女孩，注定不会轻易爱上一个人，那么杜衡该多幸运曾经拥有她。狮子座的女生，不会死纠缠，保护自己，从来不让别人有第二次伤害她的机会。宸太子站在门外，背对门，抬起头，看着外面的天空，天很蓝。

他问了问天："青玉要离开这座城市了？我该怎么做？"

　　青玉在房间收拾东西的时候，根本不知道宸太子就在门外。宸太子闭上眼睛，没到最后一刻，怎么可以轻易放弃。宸太子推开门，青玉转身看着门口这位 183 身高的先生，倔强地把眼泪逼回去，生气地说："女孩子的房间，进来都不知道该敲门吗？"

　　"你想走了"

　　"嗯。"

　　"我不会放手，让你走！"

　　"凭什么啊？"青玉跺脚大喊道。

　　"就因为，我是宸太子！"宸太子冷峻的脸上浮现出不可拒绝的神色。

　　"我想走，谁也拦不住。"青玉冷冷地说。

　　"你在这里躲了这几天，我外公，你还没见过，你陪他几天，再走。"宸太子话题一转，机智地说道。

　　青玉心想，自己确实打扰了这么久，就点了点头。

　　宸太子就转身离开了，离开的时候，忍不住笑了起来，原来对付她需要软硬兼施！

　　青玉就这样稀里糊涂地留了下来。每天早上，天还没亮，施将军，就来敲青玉的门，青玉敬重对方是老军人，更是一个老者。敲了门就快速穿衣服，洗脸刷牙，原来施将军有晨练的习惯，也因此这么大的年纪，依旧有个好身体。

　　青玉就跟着施将军后面跑步，打太极，有时候，施将军还亲自教青玉军拳，青玉学得有模有样的。晨练过后就是吃早点，早点吃好后就是去泡温泉，泡好温泉就开始陪施将军下棋，然后午饭。午饭后，施将军就带青玉去园子后面的苗圃，种植瓜果蔬菜。忙碌到下午，就开始沏茶。施将军给青玉讲一些军队的故事，老人就喜欢回忆当年，青玉就安静地听着。然后就是吃晚饭，晚饭后，施将军就带着青玉去看望以前的老部下，有的老兵因为执行任务，落下残疾，青玉每次看到这些老兵，尤其是错过年纪结婚的士兵，现在老了，孤家寡人一个，心里就忍不住的亲近。

他们喜欢听青玉弹琴，唱歌，也喜欢听青玉讲书。青玉本身就是中文科班出身，加之父亲更是文学上的泰斗，青玉对书了解得很深，也很透彻，讲起来不费事。因此老人们特别喜欢青玉。有一次，宸太子晚上过来，看到军团老部下们那么喜欢青玉，还开玩笑地说，你现在就是军团的一朵红花，高贵的公主啊！

青玉听到宸太子的调侃，微微一笑，不再说话。曾经也有一个女孩对她说，青玉，菜场的大妈都喜欢你，你俨然是个菜场小公主啊！

宸太子察觉青玉在走神，也不问，就站在旁边看着老人家们胡闹。青玉很感谢宸太子，给了她这样的一个空间，每天忙得团团转，没有时间停下来，回忆过去。晚上终于可以洗澡睡觉的时候，躺在床上就睡着了，因为实在累得不行。

青玉重复过着这样的日子，一天24小时，除了睡觉，就都是和施将军一起。不过每一天做的事情，都充满新奇，渐渐的青玉不去想过去。人总得向前看，宸太子偶尔过来陪着他们一起喝茶，他总是不远不近地倾听着，很少搭话。青玉刚开始还以为他是来装深沉和神秘的。可是连续好多次，他都没有参与他们的话题，就再也不去想他是不是装深沉了。

夏日快接近尾声，夜间也有一丝丝凉意，青玉洗完澡就散着头发，坐在台阶上，数着天上的星星，一颗两颗。她的手指着星空，连着线。

"在看什么？"

"在看有没有牛郎和织女。"

宸太子也学着青玉，坐在台阶上，他盯着星空，舒心地说："我倒觉得不该找牛郎星和织女星。"

青玉手托腮，侧着脸，好奇地问："为什么？"

宸太子微微一笑："因为一年才见一次，不悲凉吗？"

"这是他们的爱情啊！是有点悲凉，但不也是爱情的体现吗？"

"我觉得这样的爱情，仅仅适合神话，人世间最平凡的爱情才是最伟大的啊，你看，牛郎是因为织女的样子才爱上的，然后因为等级的差别，被迫分开，所以与其找一个配得上自己的，不如找一个适合自己的。"

"你为什么会觉得牛郎是因为仙女的样子才喜欢的？我倒觉得是织女喜欢牛郎，然后故意给机会的。"青玉手托着腮，天真地想着。

宸太子哈哈大笑起来，青玉不解地看着他，不过这男人笑起来更帅气。

"你笑什么？"

"青玉，打个比方，牛郎和织女的故事你应该知道，首先，如果牛郎不是见到织女是仙女的身份，绝不会偷她衣服。其次，牛郎没房没车没存款，敢这样做，叫作裸婚。如果换作隔壁老王，你觉得牛郎会偷衣服？最后，他们是非法同居，因此牛郎不能继续属于仙女的那份遗产，因此，只好划银河，等同于离婚。"宸太子一脸正色道。

"哈哈哈哈……没想到从逻辑学上看文学，倒也别有雅趣，只不过，没想到你还会这般幽默。"、

"那我们算不算非法同居？"宸太子脸靠近青玉，热忱地说道。

青玉慌张地推开宸太子，站了起来，有一丝恼意地说："你慢慢看星星，顺便问问牛郎，是不是非法同居。"说完便转身走进屋里面。

宸太子紧跟着青玉进了房间，青玉恼火地说："干吗啊！跟着我做什么？"

"放心吧，我不会对你这个没发育好的姑娘下手的！"宸太子玩世不恭地说道。青玉顺着宸太子的目光看下去，原来洗完澡就没有穿内衣，胸前的轮廓展露无遗。青玉上前就是一脚："看什么看，再看就把你打成残废。"

"马上找老头算账，好好的姑娘，怎么学成汉子了。"宸太子正色道。

青玉看着他一本正经的样子，就想笑，这家伙，能别装吗？

"你快回去，我要睡觉了。"

"放心，我绝对不会和你睡一张床的。"

"你有完没完啊！"

青玉伸手准备打宸太子的时候，宸太子一把抓住了她的手，上前一步，一打横就抱起青玉，向卧室走去，青玉急着往下跳。

"给我老实点，不然扔下去。"宸太子厉声地说道。

其实青玉心里还是惧怕太子的，万一扔下去，屁股得开花了啊。

青玉很老实地把嘴巴闭起来。宸太子慢慢地把她放在床边，转身就离开了。青玉吓得一愣一愣的，不知从何时起，宸太子和自己的关系像朋友，不，像恋人，不，像亲人，不，都不是！

第二十七章　恰似你的温柔

　　青玉想不明白的时候，都是不去想，怎么开心怎么活。她摸了摸头发，还湿淋淋的，就坐在床上，听着音乐，想着明晚该讲什么书才好。

　　外面传来一阵脚步声。青玉抬起头，看到门口走来一个人，去而复返的宸太子，手上拿着一个吹风机。青玉也和普通女子一样，喜欢帅帅的小伙子。宸太子就是这样的人，帅气俊朗的男人。

　　"来，过来。"宸太子命令着。

　　青玉无可奈何地走过去。

　　"坐下来，我来试试刚买的吹风机的质量，正好借用你的头发试试。"宸太子淡然地说着。手上的动作没有停，在研究着吹风机的线路。

　　"嘴硬。"青玉小声嘀咕着。

　　宸太子弯弯地上扬着嘴角，傻瓜，以为我听不到吗？不过算你明白，知道我是嘴硬。

　　他细心地帮她吹着头发，她想到了李商隐的一首诗："何当共剪西窗烛，却话巴山夜雨时。"如果在古代，男子帮女子绾发，是很幸福的一件事情。青玉本想那个人会是杜衡，却不曾想，第一个帮她吹头发，梳头发的男人会是这个冷峻的大少爷。

　　看着他笨拙的样子，青玉忍不住想笑。"我自己吹头发吧。"青玉看不下去了，开口说。

　　"没事，总得学习一下啊。"宸太子的脸上挂满了汗珠，没想到这个事情倒真的难住了他。

"青玉，以后可以喊我阿宸吗？"宸太子小心翼翼地问。

青玉低着眉头，他的声音，那么小心翼翼，真的不曾想过，他还会担忧。青玉点点头。

宸太子心里甜甜的，这是又迈进一步了吗？

青玉不好意思地红着脸，坐在椅子上，睡衣更加性感。她尴尬地扣着指甲，宸太子好不容易把青玉的头发吹干，梳好。青玉向后看去，只见宸太子满头大汗，青玉伸出手拭去快滴到他眼角的汗水。宸太子握住青玉缩回的手，凝视着青玉，许是昏暗的灯光照得人很暧昧，许是梳头发的细致和温柔，暧昧的情绪散发在空气中，宸太子看着穿着单薄衣服的青玉，心中有股欲望，想把她压在身下。可是理智告诉他，不能。他轻轻地吻了青玉的额头，低沉地说了句："我的小阿玉，晚安。"就拿着吹风机笑着离开了，青玉看着他离去的背影，手落在额头，刚才他说什么？我的小阿玉！刚才他吻了自己的额头？他怎么会这么温柔？

青玉脚步发软，这宸太子，必然是花丛中的高手，不去想，不去想，直接忽视。想到这儿，就躺到床上睡觉了。

第二天，天还没亮，施将军就敲门了，青玉习惯在敲门声后的五分钟，整理完毕。只是今天出来的时候，门口多了一个人，是宸太子。没想到宸太子脱下正装，穿军服的样子更加的帅气。

青玉丝毫没有昨晚的娇羞。宸太子想着，昨晚自己那一吻，青玉应该会失眠，说不定早上看见自己更是会害羞，可事实是，青玉出来，看见宸太子简单笑了笑，便对施将军说："今天早上是复习昨天的军拳还是新学点儿东西啊？"

施将军和青玉并排跑着，侧过头笑着说："今天什么也不学，就是跑步，拉练。"

"不知道您的外孙，是不是和您一样，有军人的天赋？"

"那就看看，是不是吧？"

宸太子完全被忽视，这种感觉真不好！

看着青玉笑着和外公讨论着，两个人倒像祖孙，而自己就像垃圾堆捡来的宝宝，没人疼，没人爱的。

宸太子一直在他们的身后，不慌不慢地跑着，青玉回头看他的时候，猛地想起，两年前的一天，自己在学校门口等杜若的时候，有一群流氓想占自己的便宜，当时自己力气单薄，本打算同归于尽的时候，有一个单薄的身影从她面前走过。当时，青玉心里还骂着这男人见死不救，只是没想到，他突然出手，一记勾拳，打倒一个，一个人空手揍了三个流氓，自己和他道谢的时候，他把帽子压得很低，看不清脸。

他就回了一句："天辰。"

难道是他！对，施将军教的军拳就有那一招，一击勾拳，快、狠、准。

青玉偷偷放慢速度，和宸太子并排，很淡定地问："你两年前，是不是英雄救美过？"

"没有！"

"在一所大学门口，三个流氓欺负一个姑娘？"

"青玉，你是不是想说，那个人像我？"

青玉讪讪地笑了笑，点点头。

宸太子笑了笑，傻瓜，都怀疑了，还问，真是笨蛋！

路上青玉总是想办法试探宸太子，宸太子终于明白，为何青玉这般受外公喜爱了，就这性格，和妈妈一样。认定的事情，就死命地旁敲侧击。拉练结束，青玉累得气喘吁吁，但还是紧追着问。

宸太子根本不搭话，青玉无奈地问他的外公，他外公，摸着胡须，呵呵地笑着。

"是也，非也，自己去问也。"

青玉跺着脚，不行，自己一定要找到答案。

因为浑身湿透，衣服穿着难受，便都洗了澡才一起吃早饭。青玉在饭桌上低着头不吃饭，该怎么证明，是不是他？

宸太子心知青玉在想两年前的事情。

那天晚上，青玉站在学校附近的巷子里等杜若，当时杜若约了宸太子，宸太子本没有去见面，所以杜若一直在等。青玉也就一直等着杜若。宸太子怕杜若一直等着，便开车去找他们，刚下车就听到巷子里传来救命的声音，宸太子就小跑着进了巷子。只见三个男人，猥琐地围着一个姑娘。这个姑娘的样子，宸太子也没能看清楚，只看得到一个瘦小的身板，听到一句恶狠狠的话："你们要是敢欺负我，我就和你们同归于尽。"

宸太子不慌不忙地走着，待快走近的时候发现青玉手里拿着水果刀，刀已经放在心脏的位置，原来倒是个烈女子，这个时候的宸太子才出的手。青玉一直说着谢谢，还缠着自己要号码，来日感谢。宸太子觉得这个姑娘挺与众不同的，当时看了看青玉的样子。只是不曾想，面试的时候，居然又一次看到了她，只是觉得她变了很多。

成熟的美。当时她盯着他看的时候，他以为青玉认出来了。其实，她没有认出，所以心中不免有小小的失落。

宸太子简单地讲了故事的大概，青玉满含感激地看着他。视线交错的同时，一股温暖涌动在彼此心间。

第二十八章　情不知所起，一往而深

许是两人聊的时间过长了，施将军很知趣地走开了，等两人发觉的时候就只剩下他们两个人了，两人脸上的表情都显得很不自然。

"该吃早饭了！"两个人异口同声地说，然后各自撇过头去，朝着里面走去。

来到餐桌前，施将军已经在吃早饭了，看着两个人进来，颇有深意地笑了下。

本来感觉在这里还挺适应的，早上这一遭倒是让青玉感到有些不自在，她感觉自己好像陷入了另一种感情当中，她觉得不可思议，很自然地抗拒这样的情感，她告诉自己还没有准备好，不管是什么样的情感，她都无法接受。

青玉吃饭的动作很小，吃得很慢，这让宸少的心中也有些不安，他从来没有这样的感觉，会为一个女人而感到不安，似乎稍不小心就会失去，他第一次感到了害怕。

而此时的施将军似乎再一次从青玉的身上看到了宸少母亲的样子，他自然是看出了两个孩子之间异乎寻常的气氛，他不敢奢求，只是希望不管发生任何的事情，这两个孩子都能够幸福。

三个人怀着不同的心思，简单的早餐似乎也变得不简单了。

吃过早饭，就有人打电话过来，说是有很重要的事情要找施将军。没过多久，就有人来接施将军了。

施将军没走多久，宸少也因为公司有事情而离开了，整个屋子里就只剩下青玉一个人了。

青玉打开电视，却没有心思看。

之前的自己总是迷迷糊糊的，很多的事情似乎记得却又不甚清晰，现在静下心来，却发现短短的时间里她和宸少之间却发生了很多的事情，而且都是一些她从来没想过的事情。那个高大、冷峻、张扬的男人的形象似乎在她的心里发生了变化，他原来可以很温柔，可以很有耐性，可以为了她做从来没有做过的事情。

想到这里，青玉不由得惊了一下，她真的不敢想象宸少是因为她，才会做出那么多的事情。

瞬间青玉就想到一句话——情不知所起，一往而深。

她被最好的朋友和最爱的人欺骗，她不想看到他们，想将他们从她的生命中剔除，她本该是痛彻心扉，痛不欲生，可是隐隐的，青玉觉得是因为宸少，是因为这个本不该在她的生命中留有痕迹的人的出现，才使得她破碎的心痊愈，使她的恨消融。现在的她的确还是不能够原谅那两个人，可是另一种感情取代了这样的情绪，那便是爱。

青玉的脸变得通红，心跳加速，她觉得这样的情感来得太快了，在她毫无知觉的情况下，爱竟然已经深植于她心中。她没有逃避，因为她确信她对宸少的感情是爱，是将她从痛苦的深渊中拉出来的强大的力量。

恍然大悟的那一刻，青玉的心里觉得非常的轻松，似乎是因为她早就有了这样的感知，只是一直都没有正视这一切而已，如今，她只是再次的确认而已。

施将军一直到中午都没有回来，宸少也是一样。青玉一个人待在偌大的房子里，不免有些失落。

中午的时候，施将军和宸少都打来了电话，也都让人送来了吃的，可是青玉并没有什么胃口，简单吃了点，就爬回了床上。

青玉没有睡觉，而是半躺在床上看着手中的诗集。

诗集的作者是一个并不出名的人，可是青玉却特别喜欢他的诗，或许是诗中突显出来的那种久经人世的旷达吸引了青玉，在不知不觉之中指引着青玉前行的道路。就像是她的父亲，虽然见不到，她却总能感受到来自父亲的温暖。

不知不觉中，半天的时间就过去了。等青玉反应过来的时候，天已经黑了，但屋子里还是只有她一个人。

青玉下了床，外面的天是一样的黑，可是树影婆娑，清风微拂，却觉这才是一天之中最好的时光。路上来来往往的都是人，青玉一个也不认识，不过他们看到青玉的时候都会微笑，青玉自然也就回应着微笑。

猛然间，青玉看到了一个人，然后微笑凝结在脸上，整个世界都静止了。

隔着很远，宸少就看到了青玉。她站在树下，微微仰起头，眼睛中都是笑意，如同那树上的花一般，娇艳而不俗气。宸少不得不承认，自己的确是沦陷在了一个叫作凌青玉的女子的感情中，无法救赎，也不需要救赎。如果说凌青玉是毒的话，那就一定是十香软筋散，无形之中以最绵柔的劲力，让人在温情当中迷失。

既然对方已经发现了自己，宸少很自然地走到了青玉的身边，拂去她头顶掉落的花瓣，轻声说道："才一天没看到我就受不了了？"

青玉的脸蓦地红了，她本来自己都不知道为什么突然之间出来了，被宸少一说倒好像真是这么一回事儿了，一瞬间她倒不知道该说什么了。

"好了，我们回去吧，站在这里像个傻瓜似的。"

说着，宸少拉着青玉就往家走，根本不顾青玉的反应。青玉被宸少拉着，脑子里一片空白，却分明感觉到了温暖，这份暖意不仅仅是来自牵住自己的手，更多的是来自这个人。

回到家里，看到只动了一点的饭菜，宸少有些火大，自己才离开一天，青玉就不听话了。鉴于此，晚饭的时候，青玉硬是吞下去了大于她胃口两倍的食物，吃得她直想吐。

吃过晚饭之后，青玉提议出去走走，她实在是太撑了，不消化消化的话，她晚上是别想睡个安稳觉了。

宸少很自然地答应了，两个人就一起出了门。

外面的风变大了，撩起了青玉的长发，青玉小心地拨弄着吹到脸上的头发。宸少看着她拨弄头发的样子，觉得异常得好看。不管何时看到青玉，她都像是一幅画，如果他是一个画家的话一定要将她的美定格下来。

青玉突然想到什么，一回头，想要跟宸少说话，却看到宸少正盯着自己在看，脸唰的又红了。她有些懊恼，自己怎么这么容易脸红。

"我们回去吧！"青玉有些惊慌地说，声音都有些颤抖了。

"肚子舒服了？"

青玉恍然，原来自己的目的宸少是知道了，她点了点头，宸少就像之前一样牵住了她的手，然后一点点地朝着家走去。

一天当中两次被这么牵着，就算是木头也该有感情了，青玉自然是更加的有感觉了。她很确信地告诉自己，她爱上了这个人，不管之前他们之间是怎样的陌路，她真的是爱上了他。或许在很久之前她就爱上了这个人，只是来自杜衡的一切让她无法抗拒，将其他所有的一切都摒弃在她的世界之外。

两人走到门口，宸少却突然停了下来，青玉一个没刹住，撞在了宸少的身上。她抬头，很纳闷地看着宸少。

宸少一把拉过青玉，然后直接吻在了青玉的额头上，青玉惊讶地睁大眼睛，一副不敢相信的样子。

"有必要这么大惊小怪的，你不是一直都在想这个问题吗？"

自己的小心思这么轻易地就被看穿了，青玉很是不爽，难道她的表现很明显吗，她明明掩藏得很好，她自己都是才明白这一切的。

"知道吗，之前我可是有很多的机会可以这么做的，但是都没有，能遇到我这样的君子，你该感到非常的荣幸。"

青玉心中那个宸少的形象在这一刻完全消失了，她怎么就发现这个人还有这样的一面。她有些后悔自己竟然爱上了这样的一个人，不过似乎现在后悔已经来不及了。她是狮子座，既然确定自己爱上了，她就一定会不顾一切爱到底。

　　青玉俏皮地笑了一下，然后双唇直接印上了宸少的双唇，得逞之后一副得意的样子。

　　"凌青玉，你这是引火烧身。"

第二十九章 岁月静好

清晨的阳光照得青玉满脸幸福，她睁开了眼睛，起身穿衣，这才发现她根本不在自己的房间里，这才想起来昨晚发生的事情。

她转头看看身边的人，宸少还在熟睡。看到身边的人，青玉心中的痛似乎一下子都消失了，那些埋藏在心里最深处的对于这个世界的抗拒，似乎也因为这个人而改变了。青玉不得不惊叹，原来爱一个人真的是一件神奇的事情。世宸爱上她是个奇迹，她爱上世宸也是个奇迹。

想到这里，青玉不经意地笑了下，恰巧宸少在这个时候睁开了眼睛，他眯着眼睛看着青玉，收敛了所有的锋芒，带着宠爱的表情看着青玉。他知道他被这样的笑容迷住了，这般纯真的笑容真的是很容易让人沦陷。

宸少伸出手，手指在青玉的脸颊上轻轻地划了一下："怎么，发现你遇上了这个世上最英俊的人而喜出望外了！"

青玉嫌弃地说道："才没有呢，不知道是谁死缠烂打的呢！"

"行，是我死缠烂打，可以了吧。"

"可以，只是该怎么跟你外公交代呢？"想到施将军的好，青玉心里的确是有些担忧和懊恼，他们都这样了该怎么跟施将军说呢，将军会不会觉得她是个坏女孩，会不会觉得是她勾引了世宸，明明是他故意的。

本来还很高兴的青玉突然之间皱起了眉头，宸少只觉得好笑，是不是太过显露自己的心情也是青玉的一大特色。他伸出手将青玉拉近，在她的额头上吻了一下，说道："不用瞎想了，我外公早就看出来了。"

青玉略微惊讶过后，也就释然了。姜毕竟还是老的辣，施将军知道也不算奇怪了，可是他竟然这么轻易地就同意她凌青玉拐走他的孙子，这也实在是太不可思议了。

"好了好了，大早上的，你就不能关心关心我吗，你真打算这一天就在床上躺着吗？"

宸少一语惊醒梦中人，青玉迅速地穿好衣服，准备出去，一打开门就看到了施将军，她有些僵硬地笑了笑，觉得很是心虚。

宸少很快就来到了青玉的身后，一把将青玉推了出去，很自然地跟自己的外公打招呼。

青玉被推了出去，真想找个地洞藏起来，虽然这样的会面不可避免，可是这也太快了。

"怎么，过了一个晚上就不会说话了，还站着干什么，陪我出去。"施将军很自然地说道，让青玉没有任何拒绝的理由。

青玉走到施将军的面前，两个人并排走在前面，宸少依旧和之前一样跟在后面，只是这一次，他对于落后这件事情一点都不上心，似乎就是有意留给施将军和青玉一点时间。

"丫头，我要谢谢你！"

施将军一出口，青玉就蒙了。

"世宸这孩子太孤独了，你的存在不仅让他看到了希望，也让我这个老头看到了希望，所以，我要谢谢你！"

被施将军这么一说，青玉更加无地自容了，她何德何能，不过是明白了爱，接受了爱，该说谢谢的人应该是她才对，宸少的出现才是她的光明。

施将军又跟青玉说了很多的话，青玉总是不在状态，对于施将军所说的话她只有应和的份儿，其他的根本什么也说不出来。

回到家，吃过早饭，宸少就出去了，青玉则陪着施将军下棋。

青玉穿着一身湖绿色的裙子，举手投足间宛若古画卷里的淑女，施将军不由得想到了自己的女儿，若她还活着，也该能如青玉一般和他对弈，在小胜之后露出欢愉的表情。想到这些，施将军不由得动容，青玉不明就里，想说话却不知道该说什么。

收敛情绪后，施将军说道："丫头，吓到你了吧，我只是想到世宸他妈了。世宸的妈妈生活得很苦，一个人把世宸拉扯大，可是十二年前却不幸去世了……哎！"

"外公，你就不要难过了，等以后我和世宸给你生个曾外孙女，你一定会非常喜欢的。"

话一出口，青玉就低下了头，八字还没一撇呢，她就这么胡说，明摆着让施将军看笑话。

施将军听青玉这么一说，倒是笑了，显然是对青玉的话非常满意，竟然还直接给世宸打了电话，说是青玉已经准备给他生曾外孙了。青玉现在就有种自掘坟墓的感觉，不过看到施将军转好的心情，她的心里也很高兴。

或许是因为青玉的一句话，宸少很早就回来了，一回到家就把青玉拉到了房间里。青玉很纳闷地说："你这是干什么？"

"你不是要给我外公生曾外孙吗？"

青玉知道世宸是在笑话她，别过头去不看他。

"不会吧，这么快就改变主意了？"

青玉还是不想搭理他，他之前英俊潇洒、冷峻的形象尽毁。

青玉想了下，突然说道："杜衡他——"

话还没说完，宸少就起身将她压在了墙上，一脸愤怒地看着她："这个时候你竟然还想着杜衡！"怒气之中青玉明显感觉到他受伤的心，青玉很感动，她说道："我其实就是想问他怎么样了，应该不会再找我了吧？"

"你什么意思？"宸少怒气不减。

"我就是不希望他再找我，不希望他破坏我的生活，这样都不可以吗？"青玉很无辜地看着宸少，她只是不希望她不想看到的人再次出现，她要消除杜衡出现的可能。

了解了青玉的心思，宸少自然是很高兴，他眉头一挑，说道："不管他想做什么，我都不会再让他在你的面前出现的。"

宸少这么说话的时候，之前的霸气又回来了，就如同古代君王一般。

"看够了吗，看够了就给我外公生曾孙！"

宸少面部表情的变化实在是太快了，青玉还没反应过来，就被他抱到了床上。青玉直接在宸少的肩膀上咬了一口，脑海里想着是张无忌和殷离的小情爱，大抵是深爱才会要在最爱的人身上留下印记吧，张无忌的不反抗似乎是在告诉所有人他最爱的人是殷离，只是故事的最后生死相离，与之相守的人却不是最初遇上的，人生大抵也都是这样吧。

第三十章　幸福，从来不晚

在两人确立关系的第一百天，青玉一个人坐在餐厅里，等待着宸少的出现。

一百天的时间，或许太短了，短到让青玉觉得这样的幸福有些不太真实。

一百天的时间，又太长了，长到她觉得她已经将一生的爱都付诸一个人身上了。

关于杜衡，关于杜若，似乎都已经是上辈子的事情了，她现在的世界里感受到的是他——世宸温柔的声音。

青玉一边回忆着两人之间美好的点点滴滴，一边等待着宸少的出现。说好了的时间宸少并没有到，青玉已经多等了半个多小时了，可是人还是没有出现，这种情况还从来没有出现过。以前不管有什么样的事情，宸少总会算好了时间和她见面，今天这种情况还真是反常。

虽是如此，青玉还是很有耐心地等着。

又等了一些时间，宸少发了微信给青玉，说是他已经在家了，让她回家。

青玉回过去，问他是怎么了，怎么会在家里，宸少却没有了回应。这让青玉感到很纳闷儿，她觉得会有什么不好的事情发生，竟然有点胆怯，不敢回去。

坐在车里，青玉的心里很紧张，她不知道会发生什么事情。

车子开进了别墅，很快就到了家门口，里面灯火通明，青玉的心绪已经全乱了。

　　推门而入，没有看到宸少，也没看到施将军，青玉停顿了一下，才走了进去。

　　"凌波不过横塘路，但目送，芳尘去。锦瑟华年谁与度？月台花榭，琐窗朱户，只有春知处。"

　　熟悉的词被熟悉的声音吟诵，而伴随着吟诵的竟然是她最喜欢的琴曲，这一切都显得太不真实了，让青玉如同坠身于梦中。

　　青玉，就叫青玉吧，我的阿玉。

　　那是她最渴望可以再看一眼的人吟诵的词，那是她生命中听到的第一首词，二十多年的时光，人已无踪，可是寄情的这首词却还在，说不尽的苍凉。而此刻，吟诵着这首词的声音却是另一般的韵味，似是无情，却又包含着深情。

　　宸少显然也是感觉到青玉已经被感动了，心中窃喜，然后就准备将词背完。

　　"碧云冉冉蘅皋暮，彩笔新题断肠句。试问，试问……后面是什么来着，刚才还记得好好的。"

　　不和谐的声音一下子将好不容易渲染起来的气氛完全打乱了，青玉吟道："试问闲愁都几许？一川烟草，满城风絮，梅子黄时雨。这可是名句啊，竟然还背不出来，太逊了！"

　　宸少很不爽地走到青玉的身边："你这个女人也太没良心了，我为了背这首词可是准备了很长的时间，你就这么对我，太过残忍了。"

　　宸少一边说一边露出委屈的表情，看得青玉只想笑。她说道："我知道你为了准备这个花了很大的心思，谢谢你。"

　　餐厅之约没有结果，原来彩蛋在家里，青玉是真的被感动得一塌糊涂，她是太过感动了，竟然不知道该怎么表达了。

　　"这样还差不多！"宸少很受用地拉过青玉的手，"去看看我给你准备的礼物吧！"

　　青玉很好奇宸少会给她准备什么样的礼物，他送的东西已经是够多了，不知道还能有什么花样。

两人走向一间闲置的房间,不知道什么时候门上多了一把锁。宸少打开门上的锁,推开了门,然后青玉竟惊讶地瞪大了眼睛。她有些不敢相信地看着宸少。

"怎么,不是你想要的?"

青玉摇摇头,走了进去。本来什么也没有的房间里此刻摆满了古典乐器,最显眼的位置上放着一个琴台,琴台上放着一把古琴,就看了一眼,青玉就明白这把古琴价格不菲,估计宸少花了不少的时间和价钱才得到的。这个意外惊喜太大了,青玉已经是欢喜得说不出话来了。她不是一个容易被感动的人,可是她却一次次地被宸少感动,她明白,这一生她都会被这个人感动,爱有多深,感动就有多少!

"以后你无聊的时候就可以在这里弹琴,我就坐在一旁静静地听你弹琴,你会的诗词肯定不少,如果我们有了孩子,你还可以一边弹琴一边胎教,等我们老了之后你还是可以弹给我听,还有外公,他一定也会非常喜欢听你弹琴。"

"郝世宸,你是故意的!"

"怎么了?"

"让我感动,让我离不开你!"

宸少笑了,将人揽入怀中:"傻瓜,我也离不开你!"

青玉知道自己就是一个傻瓜,错过了太多的幸福,不过还好,她的幸福还是来到了,此刻她就是幸福的。

"对了,你这一出,我妈没少出力吧?"

"当然了,我可是咱妈心中的乘龙快婿!"

青玉没有反驳,因为宸少就是这样的一个人。

第二天一大早,天还没亮,宸少就听到了琴声,他真是有些后悔了。他起身,来到琴房,轻轻地推开门,青玉正在弹琴,竟然没注意到他。

青玉端坐在琴台前,双手在琴弦之上拨弄,深情专注,琴声悠然。虽然宸少听不出这琴声的优劣，不过只要是青玉弹出来的都是好的。他不禁笑了一下，从何时起，眼前这个女人的所有一切都变成了最美好的事情，原来不管是什么样的人，爱上了就变得盲目了。可是这又有什么不好的呢，一生能爱一次，与自己所爱的人相守一生，不就是最大的幸福吗？

"你站在门口干什么，吓死我了！"

青玉猛然间发现站在门口的宸少，不免吓了一跳。

宸少耸眉："我开始后悔给你买琴了，琴是退不了了，我决定惩罚你！"

青玉故作惊讶地说："你还有后悔的事啊！"

青玉想要离开，可是到门口的时候就被宸少拉住了。青玉自然是抵抗不了宸少，于是就喊施将军，本来也就是这么一喊，没想到施将军真的听到了，很快就出现在了两人面前，这个可是青玉没想到的，一时间也不知道该说什么了。

"丫头弹得很好，你来捣什么乱。"

施将军这话明显是向着青玉，宸少只得摇头，再这么下去，他在这个家里是更加没地位了。

得到了施将军的肯定，青玉自然是高兴，看着宸少一脸懊悔的样子，她更是开心、幸福，原来真的是太过简单的事情，却又要艰难地得到。

第三十一章　意外的信息

"喂，青玉，你干什么呢，怎么到现在还不出来！"宸少有些着急地喊道，他就觉得青玉一早上就怪怪的。相处了这么长的时间他还是第一次发现青玉这么奇怪，她的心里好像有事儿，可是在他的面前却一点表现都没有，要是青玉再这个样子的话他一定会忍不住问出来。

又等了会儿，青玉还没有出现，宸少是真的火了，就差没踹门了。就在这个时候，青玉总算是出来了，她手里拿着一个测试板。宸少眼尖，一眼就看出她手里拿的是什么。

宸少没说话，不过那表情显然是在问结果如何。

青玉慢慢抬头，然后展露出最灿烂的微笑："我怀孕了！"

青玉感觉自己的眼泪就快要出来了，她没想到幸福会一次次地光临，她才得到自己的爱，这么快就可以迎接自己的孩子了，她突然间觉得她是这个世界上最幸福的人，绝对没有之一。

许是这个消息太过震惊了，宸少愣了一下，随即上前，在青玉的眼泪掉落之前抱住了青玉。来自对方的温暖让青玉觉得所有失去的，经受的所有伤害都变得不值一提了。

"我会照顾好你和孩子的！"

简单的一句话却是最为动听的话，从此以后她的生命中又多了一个要在乎的人。

"我们快点把这事儿告诉外公吧，他听了一定非常高兴。"

"不用了，我已经听到了！"施将军不知道什么时候已经在他们的身边了，他们竟然一点都没感觉到。施将军的语气中充满了激动，还没等青玉琢磨出个所以然来，施将军已经走到了青玉的面前，一脸的笑。

"丫头，你真是我们施家的大功臣，我喜欢女孩，一定要生个乖曾孙女。"

施将军此刻的表情就像个孩子似的，完全没有了将军该有的威严，青玉实在是有些受宠若惊，好在她现在是才刚刚怀孕。她心里很高兴，她明白她肚子里的这个孩子出生之后一定能够得到最多的宠爱，这是她最大的幸福。

青玉一怀孕，她妈就搬过来和她一起住了，这样也方便她照顾青玉。

以前还可以出去走走看看，怀孕之后，宸少就开始限制青玉的行动，只要是稍微远一点的地方就不让青玉去。青玉向施将军求救，施将军难得地向着宸少，也觉得青玉应该待在家里。时间一长，青玉觉得自己就快要发霉了。

和往常一样，青玉坐在院子里晒太阳，青玉妈坐在旁边给即将出生的外孙织衣服。看着母亲一针一线织就的衣服，青玉很是感动。

"妈，你也歇歇。"

"织个衣服而已，怎么会累到，你小时候的衣服还不是我织的。"

"现在才几个月呀，不急。"

"你可别觉得早，时间过得可快了，一眨眼的工夫就生出来了，我现在还能记得你出生时的样子，想不到如今你也要生孩子了。"

父亲的过世在母女俩的心中都留下了永久的伤痛，以至于两人都很少提到青玉小时候的事情。青玉如今所拥有的让母女两个都开始放开，真正地享受生活。想必她的父亲也是这么期望的。青玉在自己的心里告诉她的父亲，她现在很幸福，他就要当外公了。

"好了，炖的汤应该好了，我去端过来。"

青玉妈起身，进屋。青玉继续看书，这时候手机响了，青玉一看，是信息，而且还是不认识的号码，但是信息里面的内容却让青玉的整个心都提起来了。

"你想知道你爸爸当年救的人是谁吗？"

青玉不可否认，她的确想知道，但是当初为什么没有人站出来告诉她这一切呢？如今，有人要主动告诉她，她有点怀疑这件事的真实性，回了个信息过去。

"你是谁，我为什么要相信你？"

过了一会儿，信息来了，是彩信，一张照片和一段文字。

"这是我的照片，相信你应该认得我，也应该相信我。"

照片上的人青玉认识，虽然现在叫不上名字了，但是她知道这个人是她父亲的学生，当年的事情他清楚倒是非常有可能。

"我要怎么相信你的话？"

"我和你之间没有任何的利益关系，当然了，如果你不相信的话我也没办法，我只是告诉你一个名字而已。"

青玉有些踌躇，她不知道为什么这个学生当年不说，现在却要说出来。一定是有什么原因促使他说出来，而且青玉也不能确信他说的就是真话。青玉犹豫了很久，想要发信息过去，她妈从里面走出来了，她连忙关上了手机。

"怎么了，和世宸打电话了？"

"没有，就是以前一个同学，知道我怀孕了，问候一声。"

"是呀，我都没想到！"

青玉妈将盛好的汤放在青玉面前，柔声说道："我看得出来世宸真的珍惜你，施将军也是真心对你好，妈妈很欣慰。"青玉妈说着眼泪就要出来了。

"妈，你就别煽情了。"青玉连忙劝慰。

"好，你喝汤。"

青玉老老实实地把汤喝掉了，然后让妈妈先将碗拿进去。青玉妈也没多想，端着碗进去了。

青玉打开手机，发了条信息过去，很快就有了回应。

"你爸救的人是郝世宸，想要知道更多的事情的话就去离你最近的那家咖啡厅！"

青玉想一定是那人搞错了，怎么可能是郝世宸？他父亲豁出性命救的人怎么会是郝世宸，她不相信。那个人一定是在欺骗她，一定是的。

青玉这么想着，可是却想立刻到他的面前去质问这个人。

咖啡厅，青玉想到咖啡厅，她知道在哪里。她连忙起身，让司机送她去咖啡厅。司机想到施将军和宸少之前的吩咐，不敢送青玉去。青玉就说要自己走着去，司机实在是没办法，只能送青玉过去。

青玉走进了咖啡厅，很快就看到了发信息给她的人，他的身边还坐着一个人，一个青玉这辈子都不想再看到的人。

青玉转身就走，杜衡上前拉住了青玉。

青玉甩手："你放开我！"

"就算你不想理我，也听他说完了，可以吗？"

"我凭什么相信他说的就是实话，不是你让他说的呢。"

"是我的错让我们错过了彼此，可是我希望你知道所有事情的真相，之前我有顾虑，但是现在我没有了，不管我会有什么样的结果，我都准备承受了，所以我必须将所有的事情都告诉你！"

杜衡的话语很诚恳，青玉分不清他是在说谎还是说真话，这个人她本来就没看清过。可是细想一下，自己怀孕的事情世宸肯定没对别人讲过，她现在的肚子也没有隆起，杜衡的确没有什么理由在这个时候陷害世宸。既然如此，青玉最终决定还是先听一听父亲学生的解释。

第三十二章　莫若不相识

"你好，我叫宋志，是凌教授的学生！"

对方先介绍了一下自己，显然是想争取青玉的信任，不过青玉还是保持着警惕。

"你说我爸当年救的人是郝世宸？"

"是的。"

"那为什么当年我询问这件事情的时候没有人告诉我？"

"那个时候我们怎么会知道教授救的人是个富二代，再说了当时就觉得多一事不如少一事，要是知道了教授救的人是谁，或许你和师母更加的伤心，所以也就没有说。"

青玉强忍住心中的痛，说道："你现在突然冒出来告诉我这些又是为什么？"

"为了钱，有钱能使鬼推磨，我想只有钱才能让我有些动力了，这个时候，有人需要用钱来换我知道的所有，而我刚好需要钱。"

宋志倒是不怕丑，这样的话也说得出来，但是青玉并没有打算就这么相信他。她拨通了世宸的电话。

"喂，这个时候打电话有什么事儿吗，我很快就回去了。"

"我就是想问你一个问题。"

"怎么了？"

"三年前你是不是去过 B 市爬山，差点摔下去，然后有一个人救了你？"

"你怎么知道的，怎么突然之间问这些？"世宸好奇青玉今天是怎么了，怎么突然问这样的问题，他还没得到答案，青玉就把电话给挂了。

青玉直接将手机关机了。

杜衡给宋志使了个眼色，宋志知趣地离开了。

"我知道这样的事情让你很难接受。"

"说吧，还有什么事情是我不知道的，我想你处心积虑地让我来这里，一定不会只有这一件事情要告诉我。"

"当初我和杜若接近你都是因为郝世宸，他看出来你很像他的妈妈，想要多了解你，了解你的一切。郝世宸知道他妈妈是他外公心里的一道伤，所以就希望你能和施将军见面，希望你能够治愈施将军心头的伤，这一切都是郝世宸安排的……"

"够了！"青玉制止杜衡再说下去，现在她的脑子已经成了一锅粥，她不知道杜衡说得对不对，但是理智让她相信了杜衡的话。她感觉自己自始至终都生活在一个巨大的谎言之中。

没有眼泪，此刻的青玉没有丝毫的眼泪，眼泪已经在杜衡的欺骗中流光了，如今的她只是心痛，痛得无以复加。

青玉起身，身体晃动了一下，差点没站稳。杜衡心疼地想要扶住青玉，青玉却避开了他的手。

"青玉，我知道我对你的伤害让你无法释怀，可是我对你的感情是认真的，我没有欺骗你。不管怎样，我可以等，我只希望你不要不理我，不要拒我于千里之外。"

青玉苦笑，原来杜衡始终都没有明白爱到底是什么，更可笑的是，她明白了，却也在明白的那一刻失去了，她不能接受这样的事实。

"你知道吗，你比郝世宸更可恨，你认为你说出真相我就会原谅你吗，不，你错了，你的背叛让我更加地觉得你的悲哀，杜衡，我是永远都不会原谅你的！"

说着，青玉逃也似的离开了咖啡厅，杜衡想要追出去，却没有。面对青玉的指责他竟然无言反驳，或许青玉是对的，他就是个浑蛋。此刻的他终于醒悟，这一生他都无法再得到青玉的爱了。

逃离了咖啡厅，青玉走向了与司机相反的方向，她现在只想一个人好好地静一静，她不想看到任何人。

一个人孤独地走在路上，青玉不知道该走向何处，天很亮，但她觉得她的世界一片黑暗，看不到光。她的脚步越来越慢，越来越慢，最终她蹲在了地上，随即哭了起来。原来她并不是没有了眼泪，而是没有到最伤痛的时刻，而此刻，她的世界崩塌，所有的期待都成了泡影，所有的幸福都消失了。

司机在咖啡厅里迟迟等不到青玉，等他进到里面的时候才知道青玉已经不在了，这才知道出了大事儿，连忙赶了回去。

青玉妈知道青玉出去了，以为有司机在不会出什么事儿，没想到司机一个人回来了，可是任她怎么想都不明白为什么青玉会突然消失。施将军自然也是很着急，找了些人和司机一起出去找人。

"教授救的人是郝世宸。接近你都是郝世宸的安排。"

青玉的脑海中不停地回放着这两句话，她无力承受，无法抗拒。那些曾经的幸福，那些一点点地融化她心伤的感动都变成了尖刺，狠狠地刺痛了她的心。她问自己为什么要爱上郝世宸，如果没有爱上他，就算心里还有对杜衡的恨，也绝不会像现在这般的痛。

她曾经想就算整个世界都欺骗了她，世宸也一定会在她的身边，怎么会想到他才是最大的谎言。

青玉神情恍惚，猛的脑子一片空白，身体直直地倒了下去，醒来的时候她已经在医院里了。

腹部传来的疼痛昭示了一切，可是她不敢相信，看到有护士过来，她问道："我的孩子是不是没了？"

护士很不忍心地说道："你还是好好休息吧，要不要通知你的家人？"

青玉摇头："我没有家人。"

护士走了，青玉的眼泪顺着脸颊流下，止也止不住，也不知道是为了郝世宸还是为了无法出生的孩子。

她已经决定将这个孩子抚养长大，她已经决定做一个妈妈了，可是为什么上天还要夺走她的孩子，她真的不明白。

病房里除了青玉没有其他的人，静得似乎能够听到打点滴的声音，青玉就这么躺着，面无表情。

情已深，爱难舍，恨难消，情不再。

如同看过的那些故事里的情节，恨极怨极，却不知道未来该如何。孩子，她已失去。爱，她不再奢求。未来，她该如何？

莫若不相识，这该是多么深的痛。

莫若不相识，无情无怨，匆匆擦肩，各自生活在各自的世界里。

莫若不相识，既然无法选择过去，那么就选择未来。既然无法遗忘，那就选择远遁。

青玉开了手机，里面都是郝世宸和母亲的来电，但是她并没有理会。她打电话给一个朋友，让对方帮她安排出国的事宜，她决定了，她要离开这里，她要忘记这里发生的一切。

青玉不知道此刻的郝世宸正在满世界地找她。

不可一世的宸少从来都没想过会有这么一天自己为了一个女人变得疯狂，也绝对不会想到自己会爱一个女人爱得那么深，可是这个女人却轻易地离开了，什么也没留下。

宸少的心中是有恨的，可是恨深了，他才发现原来爱比恨更深，原来不知不觉当中他的爱已经超过了其他所有的情感。

正是这样深沉的爱让宸少发誓一定要找到凌青玉，他想质问这个口口声声说爱着他的女人为什么会不告而别。

很快宸少就得到了青玉的信息，知道青玉被人送进了医院。在得知青玉的孩子已经没有了之后，宸少的心中多了一份怨恨，他想知道为什么青玉会放弃他们的孩子，如果她真的爱他，为什么这样的事情会发生。他发誓一定要找到凌青玉，要从她嘴里知道所有事情的真相。

第三十三章 恍如隔世

出院两个星期后青玉拿到了签证，她很快就办理了出境手续，以最快的速度离开这个城市。

青玉的行李并不多，主要是因为她的大部分东西都在郝世宸那里，她是肯定不可能再去那个地方的。她只是有些愧疚，这么大的事情也没有告诉妈妈，妈妈现在一定在找她，不过她已经告诉朋友在她离开之后找个合适的机会把她的事情告诉妈妈。

青玉拉着行李一点点地走向了登机口，没有回头再看一眼这个城市。这里曾经承载了她所有的梦想和幸福，而此刻，这里就如同冬日的雾霾一般，看似美丽，却充满了能置人于死地的毒物。

这个地方不再是她心灵的寄托。

飞机凌空飞起的那一刻，青玉的心里，所有的幸福就幻灭了。

青玉离开之后，消息很快就传到了青玉妈那里，青玉妈那个时候已经离开了施家，回到了B城。她不知道青玉是因为什么原因选择了远遁，但是她了解自己的女儿，一定有什么她无法说出的原因。虽然知道郝世宸一直在找青玉，青玉妈并没有将青玉的消息告诉郝世宸。

郝世宸并没有放弃寻找青玉，可是除了医院里的信息，他就再没有找到任何关于青玉的消息。那个在他生命中出现，让他发誓要一辈子保护的女人一下子就消失得无影无踪，就好像从来没有出现过一般。

为她吹头发，为她拂去落叶，陪她一起悲伤，陪她一起快乐，那些美好的过往似乎就在昨天，故事的主角却消失了，这一切都显得太可笑了。

慢慢地，心中的爱一点点地转化成了恨意，他想到了很多种再遇到凌青玉后折磨她的办法，可是都觉得还不够。将他彻底伤到的女人他怎么可以轻易地放过，他一定要她尝尽痛苦，要让她明白他的痛才可以。

时间不是治疗伤痛的良药，那些根植于心底的伤痛会随着时间的流逝逐渐的凝结，最终成为心里永远去除不去的伤疤。

凌青玉如是，郝世宸亦如是。

三年的时光，足以让一个人遗忘另一个人，但一定不是凌青玉或是郝世宸。

A城机场，世宸一个人等待着，这一次的项目很大，他必须亲自跑一趟。

世宸看着从身边走过的形形色色的人，叹了口气。已经不知道是多少次了，他会在人群中搜索凌青玉的踪迹，有的时候他以为他看到了，可是一转眼，期盼就成空了。一次次的失望过后，他本该放弃了，但是心中的不解仍旧支撑着他不停地寻找，只是此刻的他或许真的是累了。他闭上眼睛，不再去看，似乎也在告诉自己，可以放弃了，纵然她还爱着他，他也该放弃了。

世宸本来是闭着眼睛的，突然他感觉到了一丝熟悉的气息，是凌青玉。他睁开眼睛，很自然地朝另一边看去，然后他就看到了一个熟悉的身影，一个他苦苦找寻了三年的身影。这三年里，他不知道找了多少地方，派了多少的人去寻找，可是她却如同在人间蒸发一般消失了，如今她又一次出现在了他的面前。她还是那一头波浪般的秀发，穿着简单的卡其色大衣。人群中她并不是很显眼，世宸却是第一眼就看到了她。

世宸心中有一丝欢喜，她还是跟以前一样。可是转瞬，欢喜就变成了愤怒，这个逃脱了他的女人不应该出现在这个地方。她似乎是刚下飞机，准备到这边买东西，她从容淡定，步履轻盈，举手投足尽显风范，一种和之前截然不同的感觉。这似乎是在昭示现在的她和以前不一样了，或许还昭示了离开后的她拥有了更好的生活，这一切都让世宸难以平静。

世宸掩饰不住心中的怒意，准备上前，却有一人从后面追上了青玉，和青玉并排而行，世宸的脚步缓了下来。

那人个头和他差不多高，从穿着上看也不是普通人，他和青玉一起就如同一双璧人，怎么看都十分般配。

不管凌青玉的身上发生了什么事情，她既然回来了就没办法再逃脱，他一定要让这个女人知道逃脱他的后果。

凌青玉本来是想买之前用的那款香水的，可是下了飞机才发现三年的时间竟然让她对这个地方不再熟悉了，她找不到目的地，就只好干站着。想到三年前她一个人来到这里的情景，她不由得莞尔，那真的是很久之前的事情了。那个时候的她满心伤痛，对未来一片茫然，只想离开去寻找一个可以疗伤的地方，她想到过这会需要很长一段时间，却没想到一去就是三年的时间。三年后的今天，她站在这里，拥有一个完全不同的身份，她不知道自己是获得还是失去的更多了。

恍惚间，她似乎感受到了熟悉的气息，那是多少次在她梦中出现的人，一切却总在梦最美妙的时候变回现实。

青玉转过头，想看一眼，葛歌却在这个时候映入了她的眼帘。

"你怎么在这里站着了？"葛歌本来是想看青玉准备怎么做，可是看她一动不动的，他就只好直接过来了。

"不是三年没回来了吗，有点忘了。"青玉笑着说道。

"才三年就忘了，你的记性还真不是一般的差，走吧，我带你去！"葛歌一脸嗔怪地说，青玉笑笑，挽住葛歌："谢了，葛大少。"

"我都说了，不准这么叫我。"

"行。"

"你该换个香水牌子了，你现在用的这种味道太重了。"

"是吗，我没觉得！"

世宸看着青玉挽着那个男人的手臂离开，暗暗告诉自己，他一定要用最残忍的办法折磨凌青玉，将他这三年来的痛全数还给她。

第三十四章　归来

　　脏乱的地下室里，一张床占据了地下室的一半空间，床的一半堆积着衣服裤袜。床边放着一张桌子，上面全是画着各种符号和字的纸，旁边有本厚厚的字典。突然地面发生晃动，吊灯也跟着晃动起来，灰尘从吊灯上掉落，洒在地上。昏暗的灯光下突然听到吱吱的声音，然后一只老鼠快速地从脚边穿过，不知道去了哪里……

　　青玉猛地惊醒，发觉只是一场梦之后长长地舒了口气，她明白这不仅仅是一场梦，这就是她在美国最初的那些日子里发生的事情。她没有过硬的家底，也没有可以依靠的人，甚至是语言也无法同步，她如同一张白纸一般进入到了一个花花世界里面，她想要过上自己想要的生活简直是痴人说梦。那时候的状态让她根本都不会去想出国之前的事情，因为生活的压力已经让她无法喘息了。如果不是遇到了葛歌，她的人生定然是另一番模样。

　　思索之时，手机响了，是葛歌。

　　"喂？"

　　"还没醒吗？"听到青玉的声音有些慵懒，葛歌很担心地问道。

　　"没事儿，就是做了个噩梦。"

　　"如果不习惯的话可以到我家来住，有我在你绝对只会做美梦。"

　　"你是想告诉我你能把噩梦吓跑吗，你果真是宇宙第一超人呀！"青玉开玩笑地说道。

　　"还能开玩笑就说明真的没事儿，记得准时到公司。"

"你打电话过来就是特意告诉我这些？"青玉可不相信堂堂九歌集团的大少大早上给自己打电话就是为了提醒一下上班时间。

"其实我的意思是想和你一起共进早餐，当然如果你愿意的话。"

青玉换了个姿势，说道："如果我不愿意的话，我怕上天会惩罚我。"

"这还差不多，赶紧过来！"

挂了电话，青玉就开始洗漱。本来她的意思是可以先睡酒店，然后自己找房子，没想到葛歌已经把一切都安排好了。从美国到Ａ城，葛歌一直都在青玉的身边，这让青玉觉得葛歌就是她黑暗人生中的光明，是老天对她最大的眷顾。

青玉洗了脸，梳理了一下头发。看着镜中的自己，青玉也有些恍惚，明明还是从前的那张脸，可是她自己都觉得陌生了，这不是过去的凌青玉，这只是活在现在和未来的凌青玉。

准备完毕之后，青玉对着镜子给了自己一个微笑，然后就出门了。还没到公司门口就看到了葛歌，葛歌也很快就看到了青玉。两人并没有进去，而是去了最近的一家早餐店吃早餐。

两碗豆腐脑再加一屉小笼包，很简单的早餐，却能激活一天的精神。

葛歌吃得很快，吃完了就看着青玉吃。他的眼神中充满了宠溺，这让青玉非常的受用。青玉还记得在美国的时候，她因为生活拮据，每天都只吃一顿饭，时间长了胃就开始叫嚣了，她不知道有多少次在疼痛中睡去。后来遇到葛歌之后，葛歌发现她不吃早饭，就开始每天给她准备早饭，时间长了，她也就习惯了。青玉不敢想象没有遇到葛歌的话她现在会在哪里，或许已经饿死在了那个狭小的地下室里。

"虽然你现在也算是公司的高管了，但是Ａ城这里的分公司对你的了解不够，或许会有些流言蜚语，你要有心理准备哦。"葛歌细心地提醒道。

这些青玉自然是想到了，她并不觉得这会是她的困扰，她让葛歌不用担心，既然她来到了这里，她就有信心干好。

吃过早饭之后，两个人一起去了公司，青玉示意他们两个人应该分开来走，葛歌却不以为然，他就是喜欢青玉，他就是要在青玉的身边，没有任何人可以阻止。

青玉对葛歌这样的状态已是习以为常了，也就随他去了，两人一同从楼下到达办公室，一路上没少看到惊讶的目光，不过，两个人都不以为然。

因为刚过来A城这边工作，青玉有很多的事情需要处理，自然而然就忙得不可开交。葛歌一有时间就过来看青玉，见青玉头也不抬地工作，他有些担心，怕青玉太累了。青玉只是笑笑，然后继续工作。

葛歌叹气，然后还是离开了。认识青玉的时间也不算短了，她还是和刚认识的时候一样，有着一种韧劲儿，似乎任何事情都不会让她倒下，但其实她的心是无比脆弱的。正是因为她伪装得坚强才让葛歌更加的心疼，也更加的希望能守护她。

忙过一阵之后，青玉觉得口渴，就去倒水，还没进去就听到里面的两个女员工在议论自己，无非就是说自己年纪轻轻就身居高位一定是靠着见不得人的关系。青玉听多了这样的议论，也没放在心上。她径直走过去，走到了两个员工的身边，直接倒咖啡。两人本来议论得正欢，青玉这一出现把她们两人吓到了。

青玉只是微微一笑，说道："下次想要说些什么的话最好换个地方，要不然就要有狼一般的警觉，危险近在眼前的时候才想到躲避，结果一定不会太好。"

说完，青玉就走了，而那两个员工的表情她都不用想也知道是什么样的。

之前她就是因为看不到身边潜藏的危险才会把自己一步步地逼入绝境，而重回到这里的她是绝对不会再犯这样的错误。

一天的忙碌之后，青玉觉得有些累了，想着待会儿回去可以好好地泡个澡，喝杯红酒，似乎也就没这么累了。

就在青玉准备离开的时候，葛歌出现了，他半靠在门上，说道："我差点儿忘了今晚有个酒会，你不会拒绝我的邀请吧？"

青玉手撑着头，一副思索的样子。

"这个我还真要好好想想。"

葛歌实在是受不了两人之间这种假惺惺的客套样子，他走过去，拉起青玉就走。

车里都是葛歌为青玉准备的衣服，青玉从中挑了件黑色的晚礼服穿上，头发随意地弄了一下，戴上首饰，一会儿的工夫就准备完毕了。

"为什么我给你准备了这么多的晚礼服，你却总喜欢这件黑色的呢？"

青玉自己都没注意这个，听葛歌这么一说，她倒是感觉到了。她想或许是因为对于她而言轻狂的年岁已经过去了。

"黑色显得历练成熟，我希望我可以给他们这样的感觉。"

葛歌不说话，其实在他的心中是多么的希望看到三年前的青玉，那个他不认识的青玉。

第三十五章　狭路相逢，终不能幸免

其实酒会的邀请名单上也有青玉的名字，只是邀请函被葛歌弄丢了，两个人来到酒会的时候，酒会已经进行了好长时间了。对于葛歌这种一般不守时，偶尔准时的性格青玉也是习以为常了。她很优雅地挽着葛歌进去，然后取了一杯酒。没一会儿，就有一个人朝着她走过来，是分公司的经理方鹤。

方鹤年过四十，无妻无儿，虽然年纪是大了些，但是桃花运是接连不断，刚进来的时候青玉就看到他的身边围着一些女人。

青玉到分公司，对她意见最大的自然就是方鹤了，不过这段时间的接触下来，方鹤对青玉的态度明显发生了改变，此刻看到青玉到来，他便殷勤地过来了。

"凌小姐，刚回国还有些不习惯吧。"

青玉笑笑，说道："也就几年的时间，变化是有些大了。"

"今天来的都是业界有名人士，我给你介绍介绍吧。"

方鹤这么说自然是和工作有关系的，青玉是肯定不会拒绝了。

见青玉同意，方鹤就准备给青玉介绍，没想到他第一个要介绍的人是杜若。杜若本来是和别人聊着的，根本没有注意到后进来的青玉，此刻方鹤有意介绍她们两人认识，她这才发现失踪了三年的凌青玉竟然在这个地方出现了。

"杜小姐，我为你介绍，这是我们公司的艺术总监青玉凌小姐，她也是我们公司的市场部经理。"

简单的介绍之后，青玉伸出了手，扬起微笑，说道："杜若，好久不见了。"

杜若显然是没想到会在这个地方见到青玉，在过去的三年里，她和世宸一样不断地寻找着青玉，她怕青玉出事儿，她设想了很多，可是怎么都没想到会在这个地方遇到凌青玉。她明明还是过去的样子，可是却又不一样了。

"原来你们两位认识啊，那你们好好聊，我先过去了。"

"好的，我们一定会好好聊聊的。"青玉故作轻松地说，从她的表情看不到她内心的想法，杜若恍然，这就是现在的青玉和之前最大的区别。

两个人找了个地方坐下，杜若开口就想解释，青玉制止了她。她说道："三年前的事情我不想再提了，不管是谁伤害了谁，我都已经不在乎了。我只记得我们曾经有过的快乐，虽然那些快乐已经不复存在了，但是我们仍是朋友，你觉得呢？"

杜若没想到青玉会这么说，心中的担忧一扫而光，不管青玉身上发生了什么事情，只要她们还有机会做朋友，这对于她而言就很欣慰了。

"好了，我还要去见几个人，就先走了。"

杜若点头，青玉起身离开，很快就和别人聊起来了。

葛歌似乎想将所有认识的人都介绍给青玉，其实他是想让所有的人都知道他身边的这个女人是只属于他的。

青玉自然是明了葛歌心里在想什么，她又何尝不是这样想的呢。离乱之后，这份平和的感情让她没有理由放弃。

"凌小姐，真是好久不见了！"

突然的声音并不比其他人的声音要高，可是这声音却穿透了所有其他的声音传入了青玉的耳中。她明明是知道的，这样的一个酒会，郝世宸是一定会出席的。

宸少很早就发现了青玉，还有青玉身边的人。之前在机场他并没有特别注意这个人，现在注意到才发现这是一个有着狐狸样的媚眼男人，久经商场的宸少一眼就看出这个男人不好对付。可这个被宸少认为不好对付的男人却在青玉的面前展露出和他完全不一样的如同阳光一般的笑容，而青玉也总是在笑。只是宸少发觉青玉和三年前有了区别，不知道是三年的时光让她成熟了，还是有其他的原因。

想到三年前的事情，宸少心中还是愤愤不已，他很想上前逼问这个折磨了他三年的女人当年为什么要离开。

无法压抑自己心中的情感，宸少走了过去，勉强压抑住质问的冲动，打了声招呼。

如若他们只是普通的朋友，这样的问候足以。可是他们是曾经深爱对方的恋人，一句好久不见，隐藏了他心中的渴望。

一样的如同珍珠般冷冷的眸子，一样的棱角分明的脸型，一样的唇，一样的声音，三年的时间没有在宸少的脸上留下任何的痕迹，却使得他们从此形同陌路。

他的眼里没有悲伤，是因为自己本来就不是他所珍视的人吗，青玉心中有一些庆幸也有些悲伤，不过这一切都不重要了，因为就算他还是三年前的宸少，她也已经不是三年前的凌青玉了。

"天辰集团的宸少，幸会！"青玉并没有打算和宸少握手，她只是微微地点了下头，脸上毫无表情。

宸少伸出了手却没有回应，这让他感到很尴尬，连忙收回了手，笑了下，说道："凌总监真是立场分明啊。"

这话在别人听来自然是认为凌青玉是因为所属公司的原因才拒绝和宸少握手，这让宸少少了尴尬。可是只有宸少自己心里明白，这样的拒绝在刺痛着他的心。他实在是不明白，是什么样的事情让青玉对自己这么冷淡。她明明对别人都在微笑，她的笑还是和以前一样的让人无法抗拒，可是唯独不是对他。

青玉没有再看一眼宸少，她和葛歌一起和其他的人聊天，她总是在笑，举止优雅，神态可爱，这是宸少爱着的青玉，而一切却已不复当年模样。

宸少黯然地喝掉红酒，然后一个人离开了酒会。

杜若远远地看着宸少和青玉，就算是她也不明白宸少和青玉是怎么了。三年了，她的心中还有着一丝的希望，只要青玉不回来，宸少就还有可能和她在一起，只是三年的时间，磨灭了她心底最后的一丝希望。宸少是和青玉一样的人，认定了就不会放弃，除非已经到了绝境。

离开了酒会，宸少心中的疑问却越发的多了，青玉的冷淡让他大受打击，明明是她离开了他，是她不愿意生下他们的孩子，凭什么她还能如此若无其事地生活，难道痛苦的只有他一个人吗？宸少越想越气，他一定要找个时间好好地质问凌青玉。

第三十六章　局

明明没有喝太多的酒，青玉还是醉了，她伏在葛歌身上的时候眼泪就流出来了。她已经很久没有流眼泪了，可是这一刻她一点都忍不住。

还是忘不掉吗，忘不掉那个人对她的伤害，忘不掉他们曾经短暂的幸福，更忘不掉失去的那个孩子。她恨郝世宸，可是却又忍不住要哭。

葛歌并没有一句安慰的话，因为他知道真的悲伤是无法安慰的。他见过很多次青玉悲伤的样子，他知道他需要做的事情只是陪在青玉的身边，这样就足够了。

到家的时候，青玉已经哭够了，精神也好了许多。

葛歌将她扶上了床，然后就离开了。

闭上眼睛，青玉的脑海中再次闪现在美国的那些事情。一幕幕，一件件，将她对于人生的美好希望完全打碎，然后就是那个深冬的早上，映入眼帘的灿烂微笑，青玉对葛歌说："You are my sunshine！"

宿醉，头疼，胃疼。

醉酒最大的痛苦，就是连锁反应，明明葛歌已经警告过她无数次了，可是青玉还是会这样。她无奈地想，这或许就是属于她的独特的性格吧。

青玉起身，吃了点东西，然后吃了点药，这才觉得头和胃都没那么疼了。

打开手机提醒，今天还有个竞标的项目需要她跟进，好在之前她审核过了，今天过去也就是等着结果。

没一会儿，葛歌就打来了电话，说是就在楼下，让青玉下去。

青玉抓起包就出门了，一出门就看到了葛歌的车，上了车之后葛歌将早饭放到了她手里："都让你别喝了，还喝了那么多。"

"对不起。"

"算了，反正每次你都是这句话，从来都不改。"

青玉不好意思地笑笑，她觉得她是被葛歌宠坏了。

赶到竞标的地点，青玉的头和胃都已经不疼了，葛歌虽然担心青玉，但也不能一直陪在青玉的身边，又嘱咐了青玉几声，然后就离开了。

青玉打电话给助手，问清楚了他们会议室的位置，然后就进了电梯。看到自己要去的那一层已经有人摁了，她就抬头看其他的人，目光一扫，一下子就撞上了一双凌厉的眼睛，是郝世宸，他竟然和她在同一个电梯里。青玉预感到会有什么事情发生。

电梯很快就到了青玉要去的那一层，郝世宸也出了电梯。青玉快步往前，发现郝世宸竟然和她是一个方向。

青玉加快脚步，郝世宸直接跑到了青玉的面前，拦住了青玉的去路。

"你想干什么？"青玉怒道，她之前的态度已经很明确了，他们已经毫无关系了。

"我还想问你想干什么，为什么装作不认识我，为什么三年前要离开？"

"我没必要跟你说这些，我现在有很重要的事情要做，你最好让开。"青玉丝毫不畏惧于宸少，她不是一个任人摆布的棋子，之前不是，现在更不是。

青玉的眼中只有怒意，丝毫没有其他的情感，这让想继续质问她的宸少无法再说下去。

"凌总，出什么事儿了？"

助手小锦听到外面吵闹的声音开门看是什么情况，一开门就看到了争吵的两人。她认出来和青玉争吵的人就是天辰集团的宸少。她早就知道凌总的身份不一般，没想到竟然还和天辰的宸少大有关系。

青玉本就想要摒除所谓的不一般的关系，她根本不想理会郝世宸，直接从他的身边经过，进了会议室。

青玉经过身边的时候，宸少闻到了她身上香水的味道，是一种很浓郁的香味，完全不是青玉喜欢的，她是变了，完全的变了，他只是不明白她因何而改变。

"宸少，你来了！"

另一头，天辰的人也发现了宸少，宸少转换心思，进了为他们准备的会议室。

宸少是为了能够有机会见到青玉才会过来的，竞标的事情他是一点都不想管。而另一头，青玉则再次审核标书的内容，不放过任何一个细节。这次的项目非常的大，就算是对九歌还有天辰这样的大集团来说也是非常大的，所以九歌必须拿下这个项目。面对天辰这个老对手，九歌没有绝对的胜算，所以一切可能出现纰漏的地方她都要尽量避免。

审核过后，青玉得空休息，脑海中回想着之前发生在楼道里的事情。三年了，他的眼中除了冷漠还是冷漠，竟然还能那样理直气壮地说那样的话，这样青玉更加深了对他的恨。

等待竞标结果的时间很漫长，会议室的气氛太紧张，青玉觉得自己就快要窒息了，于是就离开了会议室，去了天台。

风微微地吹着，不知名的金属撞击着发出清脆的声音，天已经黑了，星辰慢慢地亮起来了，比星辰亮得更快的是这个城市的灯火。

人生久长，能这么静静地看着夜空的时间却很少。之前在美国，她倒是经常这样看着天，不过那个时候她是坐在公园里的长椅上，看着天空的时候心情也完全不一样。

突然，青玉听到有人上来的声音，她的心提到了嗓子眼儿，不知道这个时候还有什么人会上来。

过了一会儿，天台的门开了，一个高大的身影映入眼帘。四目相对，似是陌生，却极为熟悉。

发现来人是宸少之后，青玉想要离开，却被宸少拦住了。

　　青玉想要挣脱宸少的束缚，却因为力量悬殊，无法挣脱，可是她却不放弃反抗。

　　宸少何曾被人这么轻视过，而且还是背叛他的女人，他猛地一推，将青玉推到了墙面上，一手撑着墙，一手抓紧青玉的肩膀，说："告诉我，三年前为什么要离开我，为什么要打掉我们的孩子？"

　　打掉孩子？青玉觉得这简直是最大的笑话，那是她生命的延续，她怎么会想要打掉，如果不是因为他的欺骗，不是因为伤心过度，她怎么会失去她的孩子，现在他竟然还敢来质问她。

　　"你倒是说话呀，离开我你到底得到了什么好处，这三年来你到底在哪里？"

　　难道他认为所有人所做的事情都是为了利益吗？他真的是不可理喻。

　　"郝世宸，你认为全世界都欠你的？是吗，好，你能说你没有欺骗过我吗，你还欠我父亲一条命！"

　　宸少愣了，欺骗，她竟然说欺骗，宸少以为没有人会知道，难不成是杜衡他们说的？难道真的是自己错了，青玉的遭遇是因为他？而青玉口中说的欠的那条命又是什么意思。宸少完全被说昏了。

　　青玉根本不想听解释，也不想知道他现在的心情，她猛地推开宸少的手，然后开门离开了。就算他有悔悟，就算他要弥补，一切都已经来不及了，他们之间早已有了鸿沟。

第三十七章　唯愿与君白首

　　竞标的结果出来了，九歌以微小的优势夺标，青玉自然成为了中心人物。青玉请竞标小组的所有成员吃饭，以示庆祝。

　　饭桌上，大家都喝了不少酒，青玉却是连一滴酒也没沾。上次喝醉，葛歌就担心了很长的时间，要是再喝的话估计葛歌就要每天看着她了。再说，自己的胃的确也受不了。她一说，自己的胃似乎就疼了，她有些无奈，这也不是她想要的结果。

　　以前，她就算有再多的事情也会注意吃饭，可是到了美国之后，人生地不熟，语言交流并不顺畅，再加上她身上的钱也不够，那个时候她能够活下去就已经是个奇迹了，身体怎么样她根本没去关心过。现在，真的开始关心自己的身体了，才发现胃疼和爱情一样，总是在不经意的时候疼痛一下，提醒你，你已经失去了。

　　小组其他的人都还在狂欢，青玉却实在是很累，于是就先走了。

　　回到家里，洗了个澡，头一碰到枕头，青玉就睡着了。

　　恍惚中青玉听到父亲在叫她，他叫她的阿玉，声音是那样的温柔，青玉听得如痴如醉。而后她就听到了一声尖叫，然后父亲满是血污的脸出现在她的眼前，他说他不能再在她身边了，她要学会保护自己。青玉叫着父亲，不想让他离开，可是他一点点地消失了，什么也看不到了。

　　然后她又看到了母亲，母亲在不停地哭，她说青玉不是个好女儿，她说青玉狠心、残忍，然后眼泪就变成了血流出。

　　"啊——"

青玉猛地惊醒，惊出了一身的冷汗。

青玉拂去额头上的冷汗，庆幸这只是一个梦。想来她回来之后还没回去看看母亲，主要是因为害怕看到母亲的表情，她觉得太愧疚了，三年了，她只是打过电话回家，却没有机会回家看一眼母亲，心中太多的愧疚堆积，让她根本不敢回去面对母亲。

被这么吓醒了，自然是睡不成了，可是眼下都这么晚了，不睡觉也没其他的事情可以做。想来想去，青玉决定还是给葛歌打个电话，她不确定葛歌是不是睡了，只是这个时候她能想到的人似乎就只有葛歌了。

青玉只是尝试性地打了电话，没想到葛歌接了，听他的语气，似乎还没有睡。青玉问了句，葛歌便说工作上有些事情要处理所以还没睡。

"是不是做噩梦了？"

果然，最了解她的人还是葛歌。

"你等着，我来找你。"

青玉起身，换了衣服，喝了杯牛奶，葛歌就过来了。

开了门，葛歌看青玉一副病恹恹的样子，很是担心，问长问短的，听得青玉都觉得自己已经病入膏肓了。她轻轻晃动了下身体，说："你也看到了，我没什么事儿，就是做了个噩梦。"

"就是做了个噩梦，怎么整个人都变得病恹恹的了，明天就在家休息吧。"葛歌用命令的口吻说，他知道不这么说的话青玉是绝对不会安心地待在家里的。

青玉直接缩到沙发上，也不回答葛歌，这就算是她小小的反抗了。

葛歌坐到青玉的身边，揉着她的长发："你这个状态我实在是担心，听我的话，休息一天。"

青玉换了个姿势，靠在葛歌的肩膀上："我就是想我妈了。"

青玉的过去葛歌知道的很少，但是妈妈这个称呼却总是从青玉的嘴里听到，他知道青玉和母亲的感情很深，三年的时间更是无形中增加了这种感情：

"要不，我陪你回去？"

青玉停顿了下，才说道："我还没想好要不要回去。"

不是不想回去，只是心中的担忧实在是太多了。

"那是你妈，没有任何理由能阻止你回去看她。"

听了这话，青玉十分感动。这个世界曾经背叛了她，可是她的母亲却一直守护着她，不管彼此的距离有多么遥远。青玉下定决心，她要回去看看她妈。

青玉买了些衣服和营养品准备坐火车回去，心想着一个人回去就可以了，没想到她前脚刚到火车站，葛歌后脚就跟过来了。看着葛歌亮出自己的火车票，青玉不由得笑了，这或许是这个集团大少第一次坐火车，估计只要坐个十分钟他就会后悔了。

以前上学的时候，每一次坐火车回去心情都非常的好，后来父亲出事儿了，心情中就夹杂了怀念，如今再次坐上回去的火车，青玉有种恍如隔世的感觉。在不知不觉中，她的心境已经完全地发生了改变。

"又不是没汽车，为什么非要坐火车，这么多人，你也不怕挤着，怪不得你就买了一点东西。"

完全在青玉的意料之中，葛歌已经开始抱怨了。青玉不搭理他，他自个儿跟过来的，她也没辙呀！

好在抱怨归抱怨，葛歌丝毫没有中途下车的意思，他是一定要跟青玉回去的。

青玉撑着下巴，透过车窗，看着窗外急速闪过的风景，犹如回到了过去。

只是时间是单行线，只能一路往前走，无论对错都无法回头，只能不断地敲击自己，告诉自己千万不要走错，一步错，或许就是一生错。

想得太多了，青玉闭上了眼睛，伴随着火车的晃动，她沉入了梦乡。她的旁边，葛歌还在跟倒在他脚边的行李箱较劲儿。

时间不快不慢，车子不急不缓，在相对的时间里，一切都静止了。

青玉又做梦了，不过这次的梦中只有一个人，那就是葛歌。他时而如同一个顽童，时而又变成冷酷总裁，时而欢声笑语，时而言辞犀利。可是不管是什么时候，他都会在青玉需要他的时候出现。

岁月静好，唯愿与君白首。

第三十八章　迟来的真相

　　在火车轰隆了三个小时之后，青玉和葛歌到了 B 城。葛大少人生第一次的火车之旅也到了尽头，想必他以后是不想再有这样的经历了。

　　但青玉妈看到突然回来的青玉的时候，已经是欢喜得不知道该说什么了，青玉叫了一声，母女俩就抱在一起哭了起来。

　　青玉妈一直哭，说她担心死了，对于青玉却没有一声责怪的话。青玉心中更加的愧疚，眼泪也是一发不可收拾。好在有葛歌在一旁劝慰，母女俩才止住了眼泪。

　　青玉向青玉妈介绍葛歌的时候，青玉妈看了葛歌好久，她想确定这个人是不是真的能给自己女儿幸福。

　　青玉在家里待了三天，葛歌陪了她们母女三天，但母女俩在火车站台分别的时候，青玉妈郑重地请求葛歌好好地对青玉，青玉的眼泪又一次止不住地流了出来。她向母亲告别，然后走进了车厢。人群淹没了她的眼泪，却驱散不了她心头的温暖。

　　但两个人面对面坐着的时候，青玉说道："You are my sunshine！"

　　葛歌笑着抹去青玉眼角的泪水，"You are my in all！"

　　颠簸了三个小时后，两人回到了 A 城。葛歌因为有事先离开了，青玉一个人回了家。

　　在楼下看着自己的房子，青玉心中落寞，这里不是家只是一间房子。她心中的家应该是有老公，有孩子，有母亲的地方，不过她相信很快她就能够拥有这一切。

短暂的休息之后，青玉就又投入到了工作当中。

如果说和杜若、宸少的相遇是意料之中的，没有见到杜衡自然是青玉没有想到的。所以当杜衡出现在公司门口的时候，青玉并没有感到意外，就好像他们之间本该就有会面一般。

相较于宸少而言，杜衡的变化倒是挺大的，那张曾经让青玉着迷的脸似乎变化很大，特别是眼睛，已经没有了当年的神采，青玉知道是什么让这双眼睛失去了神采，只是她不愿意说。

青玉没有说话，她等着杜衡先开口。

杜衡见青玉的态度冷淡，却并没有因此而失落，他知道之前所有的事情都是他的错，青玉可以用任何方式来折磨他、报复他，但只要青玉的心里还有他，他就不会放弃。三年前，他为他愚蠢的行为而感到内疚，三年的时间，他放逐自己，只希望能够再见到青玉，当杜若告诉他青玉现在的情况的时候，他却并没有感到惊讶，而今亲眼看到了青玉，他才确信这就是青玉，青玉本该如此。

"青玉，你还好吗？"

再多的思念，再多的爱，在此刻都无法说出，是内心有太深的愧疚吧，又或者是害怕，害怕被拒绝。

青玉本该要恨杜衡的，要不是因为杜衡揭穿了宸少的阴谋，更说出父亲的死因，她也不会失去孩子。可是如今看到杜衡，她却一点恨意都没有了，她明白，她对杜衡仅存的爱意也早已消失了。

"我知道你的来意，但是我的答案或许会让你失望。不爱就不恨，我早就不爱你了，自然也不会恨你。"

"那宸少呢？"

"爱之深恨之切，只愿不再爱！"

仅仅一句话，杜衡已然明白青玉的心了，她已经选择了她自己的道路，而他已经没有任何的出路了。

得到这样的结果，杜衡心中反而轻松了，他不必再害怕青玉会拒绝他，不用再担心青玉为他而伤心，这不是他最想要的结果，却或许是他们两个人最好的结果。

"我祝你幸福！"

"谢谢！"青玉利索地回答道，语气中不带有一丝的感情，然后道了一声抱歉就离开了。

看着青玉离开的背影，杜衡仰起了头，不管对过错过，不管爱过恨过，真的是如同时间一般消逝了。无爱无恨，无念无挂，这是绝情的极限吧，只怪自己轻许了诺言。

"杜衡！"

杜衡回头，看到了宸少，他道："宸少，好久不见！"

宸少皱眉，杜衡说话的腔调和以前完全不一样，就像是变了一个人，三年的时间，竟真的能够让人改变得这么彻底。

"你也是来找青玉的吧？"

宸少很不屑地说道："我和你不一样。"

杜衡只觉得好笑，他说道："你我都明白青玉已经变了，不管是你还是我都无法再用爱来束缚她了，她是自由的。"

宸少觉得"自由"这个字眼儿太刺耳了，难道他的爱会让青玉感到不自由吗？难道她逃离的唯一目的就是寻找自由吗？他不相信。

宸少不愿再多废话，他和杜衡之间早就没什么好说的了。他准备要走，杜衡却叫住了他。

"你不想知道三年前发生了什么？"

宸少不语，心中却是疑惑，为什么杜衡会知道三年前发生了什么，为什么他到现在才说。

"我知道你很疑惑为什么青玉会突然失踪，然后去了美国，如果说有原因的话，应该是我与她的会面。就在你将她藏起来之后，我找到了足以证明她父亲是因你而死的证据。恐怕你还不知道吧，六年前的你在B市爬山，当时是青玉的爸爸救了你。然后我将你是如何让我和杜若接近她的事情也说了，她恐怕是因为你的欺骗而离开的，只是当时我没想到她已经怀了你的孩子。"

说到最后，杜衡是一脸的愧疚。他从来都不是一个残忍的人，要是当年他知道青玉已经怀孕了，他是绝对不会说那样的话的，只是一切都太晚了。

宸少的脑海中浮现出那日天台之上青玉说的话，他不明白青玉为什么充满了恨意，如今他总算是知道了。正是因为知道了，他狠狠地揍了杜衡一拳。

杜衡抹掉嘴角的血，说不出抱歉。

"我知道的都告诉你了，我虽然有错，但是欺骗她最深的人的确是你，你们的结局如何我就不知道了，告诉你一声，明天我就会重新回到公司，希望我的能力还在。"

说完，杜衡就离开了。

宸少伸出拳头，却不知道该砸向何处，他现在真的想找个地方好好地发泄一下，他更想冲进大楼里，去告诉青玉他的无奈和愧疚，可是他却不敢。他是天辰集团高傲的宸少，却独独在青玉的面前无法毫无表情，他可以对任何人狠毒，却独独无法这样对青玉，他错了，他的人生中还从来没有像现在这般对自己的错深恶痛绝。

三年的时间，他用了三年的时间在恨与爱之间徘徊，他用了三年的时间等待着背叛他的女人出现，可是现在，他知道三年来他都错了，他错恨了青玉，他最该恨的人应该是他自己。

不知道站了多久，宸少离开了，他急切地想见到青玉，可是他却害怕了，他知道青玉心中的恨，他一定要让青玉明白他对她的心。就当作他们从来没有遇到过，就当作过去的美好从来都没有存在过，无论付出什么，他都要再让青玉回到他的身边。

第三十九章　你若不来，我便过去

　　青玉刚回到家就收到了杜若的信息，内容只有两个字"谢谢。"

　　就在那次酒会之后，她和杜若又恢复了以前的关系，两个人之间总是会互相关注，只是两个人都感觉到了现在的这种关系已经和以前完全不一样了。以前的她们肆无忌惮，乐天知命，如今的她们貌合神离，相视一笑之中早就不复之前的神采。

　　不过，这已经是最好的结果了，杜若不过是骗局中的另一个受害者而已。

　　杜若的这条信息来得突然，青玉却明白其中的意思。一定是杜衡告诉了杜若她的事情，杜若是在感谢她的不计前嫌。

　　"是我应该给出的答案！"

　　青玉回了过去，然后就不再理会了。

　　明天要去市场部勘查，她必须事先做好准备。

　　面对着电脑，青玉指尖飞快，而刚到美国的时候，面对大段大段的英文，她的速度可以用蜗牛在爬概括。那个时候的她真是连找一份工作都很困难。但人在绝境当中真的是会发挥出超常的实力，在生存这个重大的问题面前，她不断地努力，她现在的一切连她自己都感到很神奇。

　　第二天一大早，青玉就准备好了一切去市场部。

　　之前因为青玉的年纪问题，公司的人总是议论她。但回国后她的几个项目的完成完全改变了公司人员的看法，他们都知道在她稚嫩的外表之下有着非凡的实力。

"听说市场部来了个大帅哥，你们有没有看到？"

"是哦是哦，我想去看的，被我们组长给拉回来了。"

一大早，青玉就听到了这样的议论，这让她也对他们谈论的人感兴趣了。虽说她是市场部经理，却不经常来市场部，招聘之类的事情她更是不关心，竟然能引起这么大的骚动，不知道来的是何方神圣。

青玉带着好奇心进了市场部，今天是每个季度的例行会议，所有的人，包括新人都要参加。

青玉是第一个进入会议室的，她坐下来，开始看这个季度的报表。

二十分钟后，她已经完全掌握了市场部的情况，而参加会议的人也都到齐了。

青玉目光扫视了一下在座的人，然后看到了不起眼角落里坐着的人。虽然戴着眼镜，还特意加长了头发，青玉还是一眼认出来那个人就是宸少。

天辰集团大名鼎鼎的宸少竟然窝在九歌，还把自己弄成这副德行，青玉实在是搞不懂他在想什么。

不过既然他这么不想让人认出他来，青玉也没这个闲工夫管他的事儿。

青玉清了清嗓子，会议就开始了。

宸少确定青玉一眼就看出了自己，他很担心青玉会说出来，不过青玉似乎并没有这样的打算。

这是宸少第一次这么近距离地看青玉工作的样子，比起三年前的她，现在的她是更加的历练了。可是一想到三年前青玉的遭遇他就无比地痛心。他以为他已经是伤得最深了，却没想到他对青玉的伤害更深。他所做的一切无疑是在青玉的心上插了一把刀，这痛才是刻骨铭心。正因为如此，他要在靠近她的地方，争取一切机会赢回她的心。

会议在青玉的主持下很顺利地完成了。散会之后，青玉和宸少就好像说好了似的都没有离开。

看着人都走了，青玉走到宸少的面前，双手交叉，毫无表情地说道："你认为这样我就会感动，然后回到你的身边吗，还是你觉得超出你控制的感觉让你很不爽，你想要重新掌握控制呢？"

"都不是。"宸少很快地否定。

青玉身体微微后倾，说道："那你为什么会出现在这里呢，是想有个特别的体验？我想你宸少应该不会这么幼稚吧。"

"或许我就是这么幼稚。"

青玉不置可否地笑了下，说道："你愿意做什么我管不着，但是我希望你不要在我的地盘上胡闹，要是我知道你有什么对九歌不利的举动，我一定会第一时间让你离开。堂堂天辰集团的宸少竟然会为了打败对手做出这样的事情，这要是说出去的话，你们集团的形象也会一起毁掉吧！"

这样的话本该是宸少最喜欢说的，他现在看着青玉半是威胁的样子就想到了自己，不管他平日如何飞扬跋扈，面对这个女人的时候不一样，他会变，可是为什么青玉就不能明白呢？

"你明明就知道我是为你而来。"

宸少说这话的时候似乎有种受伤的悲痛，青玉脸上的表情立刻就变了，心中却疑惑他的悲伤是真是假。

是因为虚假的感情太多了，才让她对所有的感情产生了怀疑。是因为曾经太过深信，此刻才万般犹豫。是因为伤得太深，才无法轻易回转。受伤和愈合的时间从来都是不等的，一个人轻易地就可以把另一个人伤得很深，可是愈合的时间却很漫长，有时候有的伤口一生都无法愈合，其实有的时候伤口早已愈合，只是残留的痛却无论如何都无法消减。人啊，的确是太过感性的生物！

"不管你有什么样的原因，希望你不要干扰我的工作，我的警告也仍然有效。"

说完，青玉就离开了。本来她不该为了宸少的话而有一丝动摇的，可是她离开的脚步却很匆忙，似乎是在逃离。她已经逃了三年了，她不愿意再逃了，可是她的脚不听使唤。她的话可以言不由衷，可是她的心却无法由她控制。

　　是爱吧，残留的爱的本能促成了这一切，可是她真的不愿再去爱了。那个人，那段爱，都该只是记忆中的存在，甚至，早该消失了。

　　青玉来到自己的办公室，落地窗可以让她毫无阻挡地看到外面的风景。

　　放眼望去，晴空一片，高楼耸立，这座城市的白天一如从前。

　　偶尔一两只鸽子飞过长空，划出一道好看的弧线，青玉莞尔一笑。

第四十章　隔望你的幸福

　　下班后，青玉想到冰箱里已经见底，就去了超市。平日里工作时间也算固定，她一般都会自己做饭，只是食材要一次性买很多。

　　她记得在九歌集团拿到第一份薪水的时候，她在超市里逛了两个钟头，买了两大车的东西，要不是有葛歌在，她真不知道要怎么把那么多的东西运回她住的地方。不过或许也正是因为有葛歌在，所以她才更加的肆无忌惮。

　　青玉刚抓住一瓶沙拉酱，就有另外一只手和她抓住了同一瓶沙拉酱，青玉转过头，看到了宸少的脸，立刻放开了手。

　　距离上一次他们两个人见面还不到半个小时，怎么这么快就又碰上了，青玉觉得简直就是冤家路窄。他一个大少，突然跑到超市里来，摆明了就是居心不良。

　　青玉推着推车，绕过宸少到另一边去看别的东西了，既然他这么想要，她也没心思和他抢。

　　走到摆满酸奶的货架前，青玉选了自己经常喝的那一种，准备拿第二瓶的时候，宸少的手又靠了上来，青玉很自然地缩回了手。

　　不过这一次她是真火了："郝世宸，你这样跟着我有意义吗？"

　　"我没有跟着你呢，我只是记得我老婆喜欢喝这种酸奶。"

　　宸少说的是自己，青玉不是不知道，可是知道又如何，那已经是很早之前的事情了，她早就不想提了。

　　"我不管你想做什么，请你不要打扰我的生活和工作。"

"我说了，只是碰巧！"

青玉不想再理会宸少，她伸手要拉自己的推车，没想到宸少直接把手放在了推车上，青玉真的不想忍了，她刚要发作，宸少说："这是我的。"

青玉看了一眼，的确不是自己的，她余光一扫，看到了自己的推车，于是手往后一推，将宸少的推车往后一带。地上本就滑，被青玉这么一弄，车子朝后面跑去，结果直接撞在了摆放着的促销饮料，饮料瓶哗啦啦一下全倒了。

青玉见惹祸了，转身就要走，却没想到身后就是自己的推车，自己身体一转，推车就动了，力道还不小，推车直接撞到了另一侧摆放的促销牛奶。本来还挺宽敞的过道因为他们两个人的原因一下子全被堵住了，工作人员迅速地过来了。青玉感叹，这下是真的逃不掉了。

青玉走过去，低下身去开始捡牛奶，将牛奶重新摆放整齐。另一边，宸少也在捡瓶子。

捡了一会儿，青玉的手机响了，她接过电话，是葛歌，她说明了自己的遭遇，葛歌说了句他马上来就把电话给挂了。

青玉无奈地继续捡牛奶瓶，而和他们一起的工作人员因为其他的事情撤离了，面对着堆积如山的牛奶瓶，青玉实在是不知道要做到什么时候。

没过多长时间，葛歌就赶过来了，看到青玉嘟着嘴捡瓶子的样子，他一下子就笑出来了。

青玉听出葛歌的声音，一抬头，没想到头直接撞在了一旁的架子上，十分的疼。她一脸怨念地看着葛歌，葛歌知趣地走到了她的身边，蹲下身来，摸着青玉头被撞疼的地方。等不疼了，两个人一起开始摆放牛奶瓶。

实在是无聊，葛歌打趣道："你说你把这些牛奶都喝掉的话会不会就变成母牛了？"

"你才是牛！"青玉嘟着嘴说。

"我是牛的话，你还是母牛，你这是自己承认了呀！"

青玉没想到葛歌这么狡猾，直接一推，葛歌就势倒下，然而已经摆好的牛奶瓶再次倒下了，青玉急得直跺脚。

"葛歌，我命令你，迅速完成工作！"

"这么多，算是虐待吧！"

青玉双手交叉，笑道："虐待牛的法律有吗？"

葛歌很无奈地摇摇头，"没有。"

"就是啊，所以你这头牛要乖乖地听话！"青玉一副理所当然的样子。

葛歌无奈地笑，青玉要真的不讲理的话还真是让人无言以对。

青玉和葛歌两人打打闹闹，甚是开心，丝毫没注意他们是在什么地方，自然也就没有注意到宸少。从葛歌一出现，宸少就绷紧了神经，葛歌可是他的情敌，不管三年的时间里他给了青玉什么，宸少都没打算就此离开青玉的世界。

三年的时间的确改变了太多，让本该不会失去的失去了，但他再次寻找的时候已经是很困难了。青玉或许还是当年的青玉，时而坚强时而任性，时而调皮时而沉稳，那是宸少心中不变的爱。只是时过境迁，她身边的人已经不是他了，而她依旧幸福。

就在此刻，看到如此幸福的青玉，宸少有些恍惚，他是否还应该继续，是否应该将青玉夺过来。他犹豫了，可是内心最强烈的爱意还是让他选择继续他的计划，他不相信青玉已经完全不爱他了。

青玉这边打闹着整理好掉落的牛奶瓶，这才想到宸少在另一边整理瓶子。一扭头，瓶子整理得整整齐齐的，人已经不见了。

"你在看什么？"葛歌有些诧异地问。

"没什么！"青玉拉过自己的推车，继续买东西。

又过了半个小时，青玉总算是把要买的东西都买齐了。葛歌直接把她送回了家，然后就离开了。

青玉稍微整理了一下东西，然后就倒了一杯红酒，走到了阳台上。

阳台经过她的改造已经变成了一个小的茶厅，她可以坐在这里细细地品味一杯茶或者一杯酒。放眼远眺，四周风景一览无余，好不惬意。

猛的，青玉发现她对面的那个房子里竟然亮着灯。

她刚来的时候那里还没有人住，今天就已经有人了。青玉好奇地多看了几眼，她看到了一个身影，虽然只是一个侧影，她却觉得特别的眼熟。人影走动，青玉更加确信，那个人就是宸少。

他在超市里突然消失，没想到竟然会住到青玉的对面，很显然这也是他特意安排的。

青玉有些心慌，觉得自己本来已经平静下来的生活似乎被搅动起来了。她已经对惊心动魄的人生恐惧了，她需要宁静，她试图让自己保持平静，却发现握着酒杯的手不自觉地抖了起来。

第四十一章　两两相望抑或是两两相忘

知道宸少就住在自己对面那幢楼里后，青玉整夜都没有睡好。她不断地做着同一个梦。她痛苦地走在路上，不知道该去向哪里，不知道未来该怎么样，她哭得很大声，直到最后哭都哭不出来了。

哭声一遍又一遍，痛也是一遍又一遍。

从半睡半醒的状态中完全苏醒，青玉的眼角还有泪。

她试图忘记那个人对自己的伤害，然后如同陌路人一般对待他，可是一次次梦中的煎熬让她无法消减对他的恨，恨真的比爱更难。

青玉起身，倒了一杯水，站在了阳台上。

她房子的对面，窗帘仍旧是拉了一半，但没看到宸少的身影。

青玉自嘲般地笑了下，她竟然还想看到那个身影。

青玉回到屋里，看了下邮箱，天也亮了。她洗漱了一下，再回到阳台上，宸少的身影隐现出来。

青玉的眼睛犹如被固定住一般，注视着对面。隔着这样的距离，她看不清那张脸，却觉得这样的距离刚刚好。

她的每一寸目光都交织成了无言的片段，她的心底曾有过那么一瞬希望他们再相遇，只是时光带走了一切，青春消逝，爱情也消逝了。

青玉不免忧伤起来，连忙回到了房中。

她转身离开，宸少则走向了阳台。

他看到青玉的身影，不过很快就消失了。

放眼望去，风光一片大好，只是因那一个离去的身影，再美好的风光也变得毫无意义。他选择住在这里就是为了能够时刻地知道青玉的动态，现在的他不愿失去任何关于青玉的消息。他还没能重新赢回青玉的心，可是他还是害怕青玉会像三年前那样突然消失。

看着已经到了上班的时间，青玉直接就出门了，走到楼下的时候，很自然地就遇到了宸少。他一身运动装，倒是轻松的很。

青玉没有理会他，径直走向了自己的车。

她并不喜欢开车，不过为了工作方便，也就只能自己开车了。

青玉专心开车，并没有注意到宸少，直到她进了公司，才又看到了宸少。

天辰宸少，正在和打印机较劲儿。

青玉从他的身边走过，宸少抬头，然后继续捣鼓打印机。昨天他用的时候还好好的，今天就突然坏了，也没人说要去修一下，竟让他自己解决问题。

半个小时后，青玉赶去开会，看到宸少还在打印机前折腾，她就不由得笑了。恰巧这个时候宸少抬头了，看到了正在笑的青玉。

青玉见被宸少看到，收敛了笑容，急忙离开了。

宸少叹了口气，继续弄打印机。虽然是很短暂的一个笑容，他却可以确信青玉的心里还是有他的，这让他的心情也变得很好。

会议室里，青玉还在想着之前的事情，她没想到自己竟然会笑了。她本以为再见到那个人她的心已经是波澜不惊了，没有任何的事情能够让她表现出悲喜了，可是那一个笑似乎是在告诉自己，自己还没有忘记他。可是就算是如此，她也要退缩，她绝对不能再爱上那个人。爱一个人会很累，但是爱上宸少是会绝望的。

青玉再次见到宸少的时候，宸少已经将打印机修好了。过程如何青玉不得而知，但是效果似乎还不错。

下班的时间过了，青玉还有些资料要整理，便留了下来。等她整理完资料，看看时间，已经过去了两个小时。

她伸了个懒腰，离开办公室，乘电梯到底层的时候竟然发现宸少站在门口，她的第一个反应就是宸少这是在等她。

宸少看到青玉出来，连忙上前，青玉习惯性地错开了一步，两个人之间还是隔了一段距离。

宸少尴尬地说道："我就是觉得你一个人回去不安全。"

还想用三年前感动自己的那些招数吗，可是他似乎忘了自己是开车过来的，没有安不安全这一说。

青玉没有说话，想从宸少的身边绕过去，却被宸少一把抓住了手。宸少有些怒意地说道："我认识的青玉就算是面对陌生人也不会是这样的，难道你真要这样吗？"

"我怎样和你有关系吗，我不想理你，请你放开我。"

同样的一张脸，同样的眼睛，换了一个表情，换了一句话就让宸少无话可说了，他想到现在的一切都是他的错，也就不再坚持了，松开了青玉的手。

青玉直接去了停车场，开车回去了，宸少怎样了，她不知道。

回到家里，青玉连屋子里的灯都没来得及开就放下东西，直接就走到了阳台，这一点她自己都感到很惊讶，她竟然如此急切地想要知道对面的情况。

灯没有亮，青玉颓然地坐下。

她不敢想象自己的心里还想着宸少，她不敢想象在经历过那么多的欺骗和伤害之后，自己的心还是会不由自主地想要靠近他。可是她真的累了、怕了，要用最深的痛换取的爱她真的不敢要。

愁绪无端，青玉突然很想喝酒。虽然葛歌的话还在耳边，她还是止不住地想要喝酒。

在美国的时候她也醉过很多次，每一次都是葛歌送她回去的。他责怪她，却还是纵容着她。葛歌是冬日里的阳光，照亮了青玉濒临绝境的生活。而如今，那些尘封的人和事不断地冲击着青玉的生活，青玉不知道自己还能坚持到什么时候。

　　宸少一回到家中就站在阳台上看，可是他并没有看到自己最想看到的那个人。他想象着青玉现在在做什么，是否已然不愿看到他。

　　这时候手机响了，手机那头传来助理的声音。

　　"宸少，董事长在问您什么时候回去。"

　　"快了。"

　　"如果您再不回来的话，董事长就会知道所有的事情了。"

　　宸少的确也担心这个，但是要让他这个时候回去，他真的不甘心。

　　"等等，再等等吧！"

　　说着，他挂了电话。

　　他重新站到阳台上，对面还是一点动静都没有。

　　他真的不知道他们这般两两相望是否最终会两两相忘。

第四十二章 以痛治痛

青玉清醒的时候发现自己竟然坐在阳台上，而她的胃隐隐作痛。她动了一下，想要站起来，胃痛得更厉害了。

看着桌子上东倒西歪的酒瓶，她是真的后悔了，她竟然一个人喝醉了。

她再次尝试了一下，可是胃实在是痛得厉害，她连动一下的勇气也没有。

拿起手机，她想给葛歌打电话，可是一想到葛歌看到她这副样子的表情她又放弃了。

她瘫坐在椅子上，感觉胃痛有些缓解了，这才忍着痛艰难地进到屋子里面。她走到柜子前，拿出了胃药，扔进嘴里，咽了下，药就下肚了。

胃药发挥药效还需要一点时间，她这个样子是不能去上班了，她只好打电话到公司告假。刚解决完，她就后悔了，这无疑就是以另一种方式告诉葛歌她出事儿了。

青玉认命地躺在沙发上。没过多久，葛歌就过来了，看到躺在沙发上，两手捂着胃的青玉，他的火气也只能咽下去了。

葛歌瞟了一眼，正好看到了阳台上的酒瓶，也没说什么，倒是青玉先说话了。

"对不起。"

"这种事情有必要跟我说对不起吗，受害的是你自己。"

青玉勉强地笑了下："不是怕你责怪我吗，我知道我这个样子让你很担心，我只是一时间想喝酒，没想到一喝就喝了很多。"

"借酒消愁？"

中文还真是神奇啊，万般情绪直接就被四个字概括了。是啊，她的确是在借酒消愁，只是她愁的是什么呢，是爱着却不敢爱的恐惧，是想爱并爱着的诚惶诚恐，还是想要一恨到底却做不到的自暴自弃，她真的是糊涂了。

本来就是这么一说，没想到青玉倒好像想到了什么，葛歌一看到她的表情就心疼，随便说了个事儿打断了青玉的思绪。青玉心中仍有疑虑，却也不再深究。

之前也经常胃疼，可是这一次似乎特别严重。药已经吃了好几个小时了却是一点效果都没有。

葛歌实在是担心得很，要带青玉去医院，可是青玉却是说什么都不肯去。医院那种地方，除非她死，她是真的不想再去了。

葛歌知道青玉脾气倔，可是这个时候不该是脾气倔的时候，他想直接抱着青玉就去医院，可是一碰上青玉恳求的目光他就只能放弃了。

他们相识的时光里，除了第一次胃痛的时候青玉去过医院，之后她就再也没有去过医院。不管是疼得多么厉害，她都只是忍着。她会忍着痛，一张苍白的脸，还要挤出一点儿笑告诉葛歌她没事儿。一想到这些，葛歌就心痛。她说她在医院里失去了父亲和孩子，她不愿意去医院。可是她不知道，她的痛会让葛歌感同身受。

青玉坚持要在家里，可是胃痛却越来越厉害，她不知道到什么程度才是她的极限。

许是青玉的忍耐感动了自己的胃吧，过了中午，青玉的胃痛没那么严重了。

见青玉的脸色开始恢复，葛歌总算是放下心来，他让青玉好好地躺着，然后就开始给青玉做养胃的汤。

隔着玻璃门，看着忙碌的葛歌，青玉明白了什么才是幸福。

葛歌煮的养胃汤非常好，这还多亏了青玉的传授。

喝完汤，青玉就在沙发上睡下了。

再次醒过来的时候，青玉感觉胃已经差不多不疼了，这毛病还真是来得快去得也快。

"你醒了！"

葛歌坐到青玉的身边，手里端着刚热好的养胃汤。

青玉想要自己动手，葛歌却要喂青玉，青玉半是开玩笑地说道："我还没七老八十呢，能自己喝。"

"我怕那个时候我已经没有机会了。"

青玉的心"咯噔"一下，像是明白了什么。她勉强挤出一个笑："胡说什么，你不准备养我一辈子了？"

"不是，只是怕你嫌我老，不要我了。"

"真的到那个时候，你老了，我也老了，我们还能嫌弃对方吗？"

葛歌舀了一勺汤，送到青玉的嘴边："对，你说的都对。"

青玉张嘴喝掉汤，心里甜滋滋的。可是这甜蜜中却有一丝苦涩。

她知道葛歌在担心什么，她想大声地告诉葛歌她最希望能够共度一生的人是他，可是话到嘴边却说不出来。

是那个人吗？是对他残存的爱阻碍了她的心吗？青玉无法确定。她本来已经很坚定地要和过去的自己诀别的，可是如今她竟然在退缩，迷茫。

一碗汤下肚，青玉觉得胃已经完全舒服了，准备起身做些什么。都躺了快一天，骨头都软了。

她才动了一下，葛歌就将她按了回去："干什么？"

"我舒服多了，就是想动一动。"

"不行，要去哪儿我抱你过去！"

青玉无语，葛歌这是有点担心过度了，她还没有那么娇贵。青玉还是要站起来，葛歌索性妥协了，扶青玉起来了。

青玉本就是想走动一下，没想到又走到了阳台的门口，她顿了一下，然后转向了屋子里，昨晚因何会突然之间要喝酒的那些记忆都回来了。

　　葛歌说得没错，她是在借酒消愁，更是在用痛治痛。

　　失去的爱给了她最深的痛，就算她漠视那种感觉，痛却还是会在她脆弱的时候乘虚而入，从这个意义上说这种痛和胃痛是一样的。

　　胃痛了，痛得让她忘记了其他的一切，似乎也暂时地掩盖了心的疼痛。

　　这是一种多么残忍而悲哀地解除痛苦的方式，可是如她这般却无法控制这一切，只能听从身体的本能反应。那一杯杯灌下的酒，消的是愁，亦是痛。只是连她自己也不知道痛是否还在。

　　葛歌明显感觉到青玉心不在焉，可是他没有说破。他爱着的这个女人有着独特的魅力，他只要守护在她身边就可以了。

　　很快，夜深了。葛歌安顿好青玉，却没有回去，直接在沙发上睡下了。

　　隔着一扇门，青玉似乎能听到葛歌睡着时安稳的呼吸声，蔓延全身的痛已然消失得无影无踪。

　　而她看不到的另一头，阳台的对面，宸少一直注视着，只是那熟悉的身影没有再出现，他的心沉入了深谷。

第四十三章　似是往昔

昨天折腾了一天，青玉这一觉睡得非常的踏实，醒来的时候太阳已经升得很高了，胃已经一点都不痛了。

青玉起身，打开房门，一眼就看到了餐桌上的早餐。厨房玻璃上映照着葛歌忙碌的身影。

"桌上的已经很多了，你还在忙什么？"

"就快好了，快去刷牙！"

青玉听话地去刷牙洗脸，等她出来的时候，桌上又多了两样小菜。稀粥再加上小笼包，豆浆，还有两样小菜，这顿早餐是够丰富的。看到这些青玉本该觉得很幸福才对，可是一想到葛歌为了她所做的事情，她又觉得她所付出的太少了，她所得到的已经超出了她应该得到的。

"胃还不舒服？"葛歌担心地问道。

青玉换了一个笑容，说道："不是，只是觉得你对我的好我都不知道该怎么回报。"

听到这话，葛歌松了口气，说："我要的不多，以身相许就够了。"

青玉还是在笑，比之前笑得更开心了，葛歌的深情，就算是以身相许也无法报答吧，她的人生能遇到这样一个人，足矣。

吃过早饭之后青玉打算去公司，但是直接就被葛歌否决了，看在葛歌一直照顾自己的分儿上，青玉妥协了，乖乖地待在家里。

快到中午的时候，葛歌琢磨着冰箱里还有些食材，就开始准备午饭。

这时候门铃响了，葛歌一个健步冲出厨房，制止了起身准备开门的青玉，自个儿去开门。青玉被弄得哭笑不得，她的胃已经不疼了，怎么还被当作重病患者一般。

葛歌开了门，来人竟是杜若。之前从青玉那边听说过，再加上有过会面，葛歌对杜若的印象很深。

他的印象是很深，但是杜若可不是这么看待的，她的第一个反应就是这个人她不认识，青玉也一定不认识。

看到一个陌生人出现在青玉的家里，杜若连忙拿出自己包里面的小刀，大喊道："你是谁，怎么会在这里！"

葛歌看到这个状况只觉得好笑："你不会以为你拿着把刀我就会怕你吧？"

"我问你呢，你到底是谁，为什么会在这里？"

"杜小姐，你的记性也太差了吧，就算我们只见过一面，以我这张脸你也该记得吧！"葛歌说这话的时候完全不觉得自己有多自恋。

杜若也是被吓到了，也没太注意看，他这么一说她也就多看了两眼，这才觉得好像见过，细想了一下才想起来，这个人就是九歌集团的太子爷，也就是青玉现在的男友。

杜若把刀放回包里，说道："我问你的时候你就该说的，非得闹成这样吗？"

明明是她不讲理，她竟然还能这么理直气壮，葛歌实在是有点佩服这个女人了，怎么能这么淡定。

"杜若，是你吗？"

见葛歌迟迟没进来，然后又听到了杜若的声音，青玉叫了声。

杜若应了一声，然后就进来了，直接忽略掉为她开门的葛歌。

葛歌扶着门框，直叹息，这样的女人真是让人难以招架。

杜若坐了下来，看到青玉安安静静地坐着她悬着的心也就放下了。

杜若一坐下就感觉人一下子轻松了，这被青玉看在眼里，她立刻明白了什么，说道："是他让你过来的？"

青玉所说的他自然指的是宸少，杜若自然也知道，犹豫了下，她才说道："他说没看到你到阳台上，所以担心你是不是出了什么事儿，就让我过来看下。"

杜若本来觉得她和青玉之间虽然恢复了之前的关系，可是总是还有隔膜，不愿这个时候打扰青玉，可是宸少说话的语气还是让她决定过来看一看。

"直到今天，他还是很喜欢利用别人！"

青玉的语气中不知是恨还是怨，反正杜若听着一阵心惊。不管当年的事情到底是谁利用了谁，谁伤害了谁，她都不想再提了，而青玉的话似乎让一切本该被遗忘的事情再次浮现，本来在那件事情里受伤害最深的就是青玉，最无辜的也是青玉。

青玉觉察出自己的话带有怨气，她其实不想这样的，只是一想到宸少的欺骗她就无法平静。

"我并不是想提起过去的事情。"

"我知道，这是你的权利，不管你怎么说都是对的，错的是我们，这一点无法更改。"

眼看着话题就要变得越发的沉重，青玉想着该怎么转移话题，这时候葛歌从厨房里出来，说道："两位大小姐，我们是不是可以吃饭了？"

青玉和杜若同时看向葛歌，这个站在她们面前，围着围裙，拿着锅铲的人怎么看都不像九歌集团的太子爷。

"难不成我已经帅到可以成为精神食粮了？"

青玉和杜若随即收回目光，一起走到了餐桌旁。

因为青玉的胃痛才好，不能吃味道太重的东西，所以葛歌做的几样菜味道都挺清淡的。吃着葛歌做的菜，杜若就像是发现了新大陆一样地看着葛歌，她是真没想到葛歌的厨艺这么好。

"我的厨艺这么好，杜大小姐这下子不会忘记我了吧？"

哪壶不开提哪壶，杜若刚刚萌生的好感又被这一句话给弄没了。

简单的菜式，围坐着吃饭的氛围，这让青玉想到了她和杜若最初相识的时候，那个时候的她们完全就像是一个人。

和青玉一样，杜若也想到了旧时光，还没来得及细细品味，就已经是时光蹉跎，感情难再。被伤害的人失去了，伤害的人又岂能得到。

或许是因为葛歌做的菜的确很好吃，反正一顿饭下来，所有的菜都被解决掉了。

杜若又陪了青玉一些时间，然后就离开了。

离开之前，她问青玉是否还有可能接受宸少，青玉摇头。杜若还想说什么，最终什么也没说就走了。

看着她离开，青玉的心却再次迷茫，她嘴上说不会接受，可是她的心却还在犹豫。她转头看向葛歌，觉得她本来以为的一切都已经开始超出控制。

青玉走进厨房，从后面抱住葛歌，"我们结婚吧！"

葛歌手停了下来，而后笑道："你真的做好决定了？"

青玉点头，"是的，我决定了。"

"好！"

第四十四章　两难抉择

从葛歌那里得到了肯定的回答，青玉觉得整个人都放松下来了，可是一连几天，葛歌都没有再提，青玉竟有些心慌，不知道葛歌在想什么。她开始害怕，似是到手的幸福又会消失，她真的经不起幸福的一次次远离。

人的心只有一颗，伤过一次后可以愈合，如果伤了两次就无法再愈合了，那伤会永远都在，这颗心也就无法再爱上任何人了。

葛歌一直都没有忘记青玉说的话，他每天都能回想到那天青玉抱着他所说的话，每一个细节他都能回想起来，可是他不知道他该不该这么做，他不知道青玉会不会后悔。

三年前的事情青玉说得并不多，可是以他的聪明自然能勾勒出画面，那是一个女人最为伤痛的经历，而造成这一切的一定是她深爱着的人。

青玉曾经深爱着另一个人，这是青玉的痛，只是不知道会不会成为他的痛。

坐在办公室里，葛歌百无聊赖地玩着手机，忽然，手机响了，手机那头传来了杜若的声音。

"请你吃饭，就在你们公司楼下那家意大利餐厅。"

葛歌来不及回应，杜若就挂了电话。葛歌第一次发现自己想知道三年前的事情，想知道发生在青玉和她所爱的人之间的事情。

葛歌提前来到了杜若所说的餐厅，他急不可耐地想知道青玉的过去。

杜若按时来到餐厅，看到葛歌的第一件事情就是道歉，说那天在青玉家她做得有些过分。

这事情已经算是过了好久了，这会儿突然来道歉，葛歌觉得这个杜大小姐的思维逻辑的确是跟别人不一样。说起来，仅有的两次见面，杜若给他的印象就是两点，一是美艳，二是阴晴不定，今日一见，他是更加肯定自己的判断了。

杜若自顾自地点了两份菜，葛歌也没说什么，反正他也无所谓。

"其实——"

两人同时说话，葛歌绅士地做出了一个请的动作，杜若很是满意地说道："其实我是想知道这三年来青玉在美国发生的事情，我觉得她的变化应该和她在美国的生活有关。"

葛歌警惕地说道："你是真的关心青玉还是想替别的人问？"

"是我自己想知道，我明白我和青玉再也回不到从前了，但是我还是希望能够知晓她的一切，在她需要的时候帮助她，也算是我的忏悔吧。"

"我只怕你听完之后会有更深的愧疚。"

杜若深深地吸了口气，说："我已经准备好了。"

这一刻，葛歌发现杜若其实跟青玉很像。

"我和青玉的相见应该说是在她去了美国很长一段时间之后，如果我一开始就遇上她的话，或许她不一定会是现在的她。知道我第一次见到青玉是在什么地方么？那是一个大雪天，我准备去探访一个朋友，然后就看到她靠在铁皮打成的门前，穿着厚重的衣服看着雪，然后笑了。因为她的笑我也笑了，还没笑完她就倒在了地上。我跑过去抱起了她才发觉她的手脚冰冷，而且一副营养不良的样子，我送她去了医院，她过了很长时间才慢慢地恢复。"

杜若的手停住了，她没想到青玉在美国的遭遇竟然是这样。

"后来呢？"

"后来，她身体恢复了，却不说话，不管我们问她什么她都不说话，再后来她终于说话了，却是说要回她住的地方。我送她去了她住的地方，那是一个非常简陋的地下室，混杂着各种难闻的味道，阴暗潮湿，也是后来我才知道的，她在这个地下室里待了半年，每天都只吃一顿饭。或许是因为回到了熟悉的地方，她开始慢慢地和我交流了，也愿意和我请的心理医生交流，她的身体逐渐地恢复正常。"

葛歌没再说，杜若则陷入了沉思，她怎么都不会想到青玉的遭遇竟是这样凄惨。

"我知道你现在是真的关心青玉，但是她所经受的一切是你们任何人都无法想象的，我珍惜现在的她，所以希望她不会再受到伤害。"

"我知道！"

"其实我也有一件事情想问你。"

杜若调整好心绪，说道："你说吧！"

"她曾经深爱的那个人是不是郝世宸？"

杜若点头。

是的，她深爱着宸少，却发现一样是欺骗，她走了，三年后回来的她或许拥有了一切，可是过去的种种又岂是轻易可以忘却的。

"在你看来我和郝世宸之间青玉会选择谁？"

杜若没想到葛歌会问这样的问题，葛歌自己也没想到他竟然会问这么愚蠢的问题。但是他就是爱着青玉，他想要知道自己在青玉心中的地位。如果青玉真的还是想要回到郝世宸的身边，他一定不会阻拦。这不是因为他大度，而是因为他见不得青玉悲伤。他见过太多青玉悲伤的样子，他希望她未来的人生再也没有悲伤。

"我不知道。"

这样的问题，杜若没有办法回答，她知道青玉的心中一定还有宸少，可是曾经的痛也是深深刻在心上了。她看得出青玉是爱着葛歌的，而葛歌也是深爱着青玉的，他们在一起青玉或许会更加幸福吧。她明白就算她再付出，宸少也都不会看见，他的世界里没有她杜若，只有青玉。正因为如此，杜若想她或许更希望青玉能够选择宸少。只是她的决定不是青玉的决定，她无法做出选择。

虽然杜若没有回答，但是葛歌却得到了自己想要的答案，所以他离开了。

葛歌走了，杜若一个人，一点胃口也没有了。

她想谁才是将青玉推向绝境的人呢，是她，是杜衡，也是宸少。若是杜衡和宸少知道了青玉在美国的遭遇，他们又该多么地心疼青玉，心中又该有多少愧疚。明明之前还急切地想要将青玉的遭遇告诉他们，此刻杜若却不知道自己该不该说了。如果说了，是否能够改变什么，如果不说，青玉是否能够有一个不一样的人生。

杜若走出了餐厅，从暗的地方突然走出来，阳光很刺眼。她最终还是决定将青玉的遭遇告诉宸少，她所能做的也只有这些了。

第四十五章　疯子

"凌青玉，我就在门外，开门！"

青玉关掉手机，继续看书。

宸少已经在门外很长时间了，她本来是准备去开门的，可是从猫眼里看到是他之后就没开门，他打电话过来青玉也当作没听到。

宸少没想到青玉会这么决然，也顾不得会不会吵到其他的人，开始喊青玉的名字。

青玉听到宸少在喊她，还是装作没有听到。她已经做出了选择，她已经放弃爱他的机会了，她要和葛歌在一起，她要有一个幸福而安定的人生，而这一切曾经差一点就被宸少毁掉，她不希望再被摧毁一次。

青玉摆明了是不想搭理宸少，但是宸少丝毫没有离开的意思。

如果是一天前，他或许还可以安安静静地等待着青玉的回心转意。如果青玉不原谅他，他可以一直等下去。

可是当他从杜若的口中得知了青玉的遭遇之后，他知道他无法再等下去了。就在此刻，在此地，他要告诉凌青玉，他所爱的人从来只有凌青玉，他欺骗过她，伤害过她，但他从来没有以爱的借口欺骗她，他可以认错，可以忏悔，可以愧疚，只希望她回到他的身边。他曾经那么珍视的温婉女子怎么会遭遇那么多的苦难，他曾经有多么的恨青玉此刻就有多么的恨他自己。

"凌青玉，我知道你在里面，如果你真的选择永远不见我也该让我当着你的面把话说完。"

"凌青玉，我爱你，我爱你！"

宸少不停地在外面喊着，可是里面一点回应都没有。倒是因为他在外面大喊大叫的，引来了其他的住户。

宸少丝毫不管别人说什么，依然继续喊，喊到最后，嗓子都哑了，可是青玉还是一点反应也没有。

宸少颓然地坐在地上，背靠着门，他第一次感到自己非常的失败。

"凌青玉，青玉，你知道吗，你离开之后我每天都在想你，我想你为什么会离开，想你什么时候会回来。那段时间我总是会梦到我们和我们的孩子在一起，可是医院却说你把孩子打掉了，当时我恨死你了。我爱你，爱着我们的孩子，我以为孩子的出生会让我们的幸福延续，可是，我却失去了孩子，更失去了你。我爱你，我真的很爱你，你能出来见我吗？"

宸少伸出手，抚着门，却无法触摸到门里的人。

真的就这样放弃了吗，就这样永远失去了吗，他不甘心。

就在这时，门打开了，青玉站在了他的面前。

"现在我出来了，你可以走了！"

"凌青玉！"

宸少怒喊一声，直接把门撑开，一把握住青玉的手，将她整个人按在了墙上，顺势关上了门。

青玉被他压制着，根本动不了，她后悔让宸少进来了，这个男人从来都是喜怒无常的。

"凌青玉，到底要我怎么做你才能原谅我，我已经为你所做的难道还不够吗？"

宸少逼迫着青玉看着他的眼睛，青玉拗不过，索性闭上了眼睛。

"凌青玉，不要以为你闭上眼睛就可以跟我说谎，我知道你的心里还有我，为什么就不能接受我，我是欺骗过你，可是我从来没欺骗你的感情，我也没让杜衡欺骗你的感情。你父亲为了救我而死，我也不希望这样，如果能够重来，只要你高兴，我愿意把这条命还给你父亲。如果你愿意，就算现在就要我的这条命，我也会给你！"

"是吗，你真的愿意吗？"

青玉淡淡地说道，宸少不说话了。

青玉冷笑："原来这也是谎言，我还有必要跟你说吗。"

宸少松开青玉，冲进厨房拿了一把水果刀出来，塞进青玉手里，然后握住青玉的手对准自己的心口："来吧。"

青玉瞪大了眼睛看着宸少，"你疯了！"

宸少抿嘴，说道："我是疯了，在我遇到你的时候我就疯了。我自以为能够让任何一个女人为我疯狂，我自认为我不会轻易地爱上一个女人，可是就是你，凌青玉，从你出现的那一刻开始我就无法自拔地爱上了你。你伤心的时候我陪着你，你离开了我等着你，为了你我愿意剥去我这华丽的枷锁，凌青玉，你到底还要我怎么做！"

要怎么做呢，青玉也不知道，过往的那段感情她付出了一切，宸少又何尝不是呢，那么又是哪里错了呢！

"可是我已经累了，不想爱了！"

刀掉落在地上，声音和这句话一样的刺耳。

宸少不愿就这么算了，他将青玉压在墙上，吻肆虐而下，青玉却是一动不动，不反抗，也没有回应。

宸少松开了青玉，青玉仍是一动不动。

"凌青玉，我知道你还爱着我，正因为这样，我是不会放弃的，这一生我都不会放弃你的！"

说完这些，宸少开门出去了。等在门口的那些人见宸少出来，这才散去。

人已经走了，空气中似乎还残留着他的味道，可是味道很快就会散去，就如同他们曾经的爱一般，没有了根系之后就会慢慢地枯萎，最终消失。她曾经拼尽一切去爱，可此刻却不想再为爱伤心。

青玉颓然地坐在地上，眼泪潸然而下。

泪水放纵的时候，她感觉自己的心隐隐作痛。

是的，就是这种感觉，这种被欺骗被伤害后却无法消除爱的痛。是的，她是爱着宸少的，从以前到现在，没有减少。她承认了，可是又能怎样呢，就因为她还爱着就要回到过去吗？就因为爱着所有的事情就都可以被称为理所当然吗？

不，绝对不可以，伤害就是伤害，是无法用爱当作借口的！

窗外突然之间出现闪电，然后天就暗了下来，想来就要有一场暴风雨了。

这样的一个时刻，一场雨很像是在为一段终究会消失的爱所敲响的丧钟。

青玉起身，回到了原来的位置上，翻开的书页上写着：爱之所以无法替代是因为它是没有任何血缘联系而支撑的被认为是最纯正的情感维系，但爱可以被替代的时候，这份爱就已经失去了意义，就如同变质的牛奶，可以舍弃了，只是是否要舍弃，却全在人一念之间。

第四十六章　小忧伤，小幸福

自从那次大闹之后，宸少就消失了，就好像他从来没出现过一般。

青玉照常来到阳台，可是已经看不到对面阳台的人了，她去公司，宸少已经离开了。她打电话问杜若，杜若也说不知道。

青玉本该觉得一身轻松的，可是这突然的失踪却让她的心越发地沉重了。宸少说过不会放弃就一定不会放弃，他突然失踪完全不符合他的做事风格。

一个悠闲的下午，青玉一个人坐在阳台上喝茶。

反复折磨着她的胃痛让她不得不开始珍视自己的身体，而这一切都从一杯清茶开始。

泡茶的工具是葛歌买回来的，青玉对其爱不释手。看了泡茶的视频后自己就在有闲暇的时候泡杯茶，一边享受茶香一边享受书香。

生活似乎没什么改变，可是葛歌出现在青玉家的次数却变得很少。

青玉隐约觉得两人之间好像出了什么问题，可是又说不清是什么样的问题。他们两个从美国到A城，经历了很多的事情，更加坚定了他们要跟对方共度一生的信念，可是现在葛歌表现出来的状态让青玉有些心慌，她真的害怕她的幸福会再一次地消失。

夜幕降临，同时降临的还有一场大雨。雨水冲击着窗户，透过窗户可以看到一个和往日完全不一样的世界。

青玉感觉到有点冷，她抱着双臂，想到了葛歌。

那个她以为她会死掉的冬天，葛歌是她的光芒，如今，葛歌是她心中的依赖。像是怕极了葛歌会从自己的生命中消失，青玉拿起手机给葛歌打电话，可是听到的却是忙音。

青玉有些失落地挂了电话，仍旧坐在阳台上。

寒意被屋内的温暖一点点融化，青玉靠在椅子上，心里有点忧伤，不知道怎么了，她竟然有种感觉，葛歌抛弃了她。

青玉忍住了眼泪，却无法不让心疼痛，痛过之后却觉得自己好傻，竟然会认为葛歌会抛弃她。

青玉没有再纠结于这个问题，她觉得她只会越想越糟。

她在和平常一样的时间上床睡觉，然后做了一个奇怪的梦。梦中的人看不到面目，却让她感到特别的熟悉。看身形似乎是葛歌，又好像是宸少，再仔细看的时候却发现又变成了杜衡。青玉在梦里告诉自己，她是一个很贪心的女人，可是一觉醒来的时候，却发现太过美好的梦的确是证明了并不顺利的现实。

手机响了，青玉看了一下，是葛歌。

接过电话，葛歌小心地解释昨晚为何没有接青玉的电话。说完了，青玉却没什么反应，弄得他担心起来。他不知道这一头的青玉已经哭了。

明明是一件小得不能再小的事情，可是还是勾出了青玉的眼泪。她的猜忌，她的疑惑在一瞬间都变成了幸福。

"青玉，你怎么了？"葛歌还是很担心地问。

青玉收住眼泪，说道："葛歌，你知道吗，你的一句话拯救了我。"

葛歌不明白大早上的青玉是怎么了，会说这么奇怪的话，但是只要青玉没事儿，他也就没必要追究这些了。

和葛歌通过电话之后，青玉照常去上班了。

刚到办公室就看到了桌子上摆放的一大束勿忘我。勿忘我是青玉现在最喜欢的花，她喜欢并不是因为勿忘我的花语，而是因为勿忘我顽强的生命，就算根系已经枯萎发霉，它仍会骄傲地开花。青玉所希望的就是带着伤，带着痛，骄傲地活着。

"六点，中心公园！"

卡片上是葛歌的字迹，青玉有点奇怪，不知道葛歌又在折腾什么花样。不过青玉还是回了短信，说是一定准时去。

一天的工作并没有什么特别的，青玉仍旧是很顺利地完成了。下班之后她就直接去了葛歌所说的中央公园。

说是要在中央公园见面，可是葛歌并没有说在哪个地点会面，青玉只能漫无目的地走着。

走着走着，青玉看到不远处的天空突然升起了很多气球，然后她就不自觉地朝着那个方向走去。

走到水边，青玉就看到了湖心的亭子里的人，其中一个就是把她叫过来的葛歌，飘着的气球自然就是葛歌的杰作了。

青玉慢悠悠地走向亭子，其他的人知趣地离开了。

"玩气球，这应该是很老很老的手段了吧！"

"花样的确是老了点，不过效果绝对是史无前例。"葛歌似乎对自己的想法非常的满意。

青玉双手放在身后，朝着天空看了几眼，说道："数量的确还可以，不过不够，而且没有新意。"

葛歌狡黠地笑道："要新意啊，马上你就能看到了！"

看这样子的确是早有准备，不过青玉可想不到这气球上还能有什么花样。

葛歌见青玉一副不相信的样子，直接拉起青玉的手，从亭子的另一边下去，看到水面上停着一只船。

葛歌先跳上了船，然后将青玉扶到船上，但是此刻青玉还是不明白他的新意在什么地方。

葛歌让人开船，然后就和青玉一起坐了下来。

船离开亭子才一会儿的时间，很多的气球就从水里面冒出来了，朝着船的方向滑动。船越发的远了，后方的气球就越发的多，青玉的目光一下子就被吸引住了，不得不说这样的创意的确让她很开心。

"别着急，还有呢！"

青玉现在是有点期待地看着葛歌。

只见葛歌对着一个方向做了一个手势，然后很大的湖的四周就冒出了很多人，从湖中心看非常的壮观。

然后，无数的气球从他们的手中升上了空中，五彩斑斓的气球瞬间成为了公园里最美的风景。

青玉抬头看着越飞越高的气球，心中的幸福感已经让她失去了说话的能力，连赞叹的话都说不出来了。

葛歌从身后抱住青玉，在她耳边说道："喜欢我的创意吗？"

青玉点头，她是真的非常喜欢。

"喜欢就好，我可是花了大本钱的哦！"

葛歌自鸣得意的话在青玉听来却比甜言蜜语更让她感动，要让这么多人来为她放飞气球的确是花大本钱，能这么为她创造这样的美景也是非常难得的。

"葛歌，我会一直记得今天的。"

"青玉！"

"嗯？"

"无论最终结果如何，我希望你能永远幸福下去。"

"会的，我们会一直幸福下去的。"

葛歌不说话了，只是呆呆地望着青玉，眼中闪过一丝忧伤。青玉望着气球越飞越高，越飞越远。

第四十七章　回忆之中，满目苍凉

公园里的气球盛宴结束之后，葛歌就神秘地消失了，青玉很是纳闷儿，给葛歌打电话，可是葛歌没有接，这让青玉更加纳闷了儿，不知道葛歌在搞什么鬼。

她正想着自己到底该怎么办的时候，有人送了束勿忘我给她，不用猜青玉也知道一定是葛歌送的。

"大学校园，你想再回去看看吗？"

上面是葛歌的字无疑，大学校园，青玉的确想过回去看看，不过这一次不知道葛歌又准备了什么，青玉很想知道，所以她直接赶往了她的母校。

就快到学校的时候，青玉看到校门口好像摆放着很多的东西，近了，她才发现是一些乐器。而在最中央的位置摆放着一个琴台，琴台上是一把古琴。虽然隔了很长的时间，青玉还是一眼看出那是之前宸少给她买的琴，青玉连忙让司机掉头离开。

车还没开动，就被一群学生给围住了，然后就听到所有的人都在喊她的名字。

这些无疑都是宸少搞的，可是青玉怎么也没想到引她来的人是葛歌，青玉有种被欺骗的感觉。她被欺骗了很多次，每一次新的欺骗总会让她感受到更深的痛。

明白车是一定开不出去了，青玉只好下车，可是她刚一下车就被学生围住了，然后被动地移向了校门口。

此时校门口的乐器都被移走了，校门口空出了一个很大的地方，然后几个男生和一个女生上演了一个舞台剧，剧情就是宸少解救青玉的戏码。

故事是两个人共同经历的，自然是连小的细节都把握得很好，可是戏终究不是真人，真的痛又岂是表演出来的。

想想那个惬意的早上，她意外得知他竟然是救过自己的人，那个时候她的心中是多么的感动，她觉得他们的相遇到最后相爱都是上天的安排，都是天经地义的，不管经历多少的风雨他们最终都会在一起。可是美好的过程之后那个最为悲惨的结局却是谁也想不到的。发现自己一直被欺骗着，失去孩子，远走他乡，贫困潦倒，朝不保夕，再后来得遇良人，峰回路转，这一切不会因为最初美好的相遇而发生任何的改变。

宸少是想用回忆唤回她的记忆、她的爱，可是他不知道最深的痛是无法被安慰，无法被抚平的，再深的爱也是经不起背叛的。

青玉转身，准备离开，这时候又响起了琴声，配合着琴声的是那首她最熟的词。

《青玉案》，青玉，阿玉，多么亲切，多么温暖。

宸少曾经用这个温暖了她的心，可是那是她最亲的父亲的词，是宸少让父亲失去了性命，这样的场景如今看来是如此的讽刺。

青玉继续往前走，不管回忆多么的美好，那些都已经是回忆了，是不会再重现的，所以那些美好连同悲伤就都留在回忆里吧，现实本就该是另一种模样。

"凌青玉！"

是杜若的声音，她的出现倒是让青玉很意外。青玉都能想象杜若会说什么样的话，她不想听，所以她没有停下脚步。

青玉如此，杜若是早就想到的。青玉已经不是以前的她了，虽然性格上没什么改变，但是对于这个世界的态度已经发生了改变。她不易被感动，可是杜若现在所做的就是要感动青玉，因为她选择了放弃。她放弃了她等待了很久却毫无回应的爱，所以她希望宸少深深爱着的人能够回到宸少的身边，更何况青玉也还是爱着宸少的。

葛歌说她是一个很大度的女人，杜若却觉得自己是这个世界上最笨的女人，从一开始她就没选对阵营，没能看清她真正所需要的是什么。现在，她只是要弥补因为她的笨而犯下的错。

"凌青玉，我知道你恨我，你也恨我哥，恨宸少，但是我知道善良如你已经放弃了所有的恨意，你对我一如从前，你和我哥形同陌路，而你对于宸少的不是恨，仍旧是爱！"

爱吗？青玉不知道，她只知道她一想到父亲和失去的孩子，就希望宸少消失，如果这都算是爱的话，世间还有恨吗？

"青玉，他为你走下了神坛，愿意为你变成另外一个人，难道这一切还不够吗？"

杜若抓住最后的可能挽留青玉，她能做的也只有这些了。

青玉停住了离开的脚步，心有戚戚。

是啊，那么骄傲的男人，那么令人瞩目的人，为了她走下了神坛，这真的应该够了，可是，她心中隐隐渗出的痛楚又该怎么办？每一次她试图说服自己忘记恨，接受爱，最终都会被心的疼痛打败。

回到车上，聚拢的学生都已经散去了，青玉让司机开车送她回去。

车刚开了没多久就开始下起雨来。

明明还没到雨季，却总是会下雨，似乎是觉得悲伤的人太多了吧，想要掩盖住他们哭泣的声音。

青玉没有哭，她只是不停地在回忆。

她说一回忆她就会痛，可是却还是忍不住回忆起过去的点点滴滴，丝丝的凉意渗入车里，渗入心里。

从开始到最后，宸少都没有出现，可是每一个情节都和宸少有关，青玉不明白他到底在哪里，既然他想要青玉回头为什么就是不出现？他真的以为他现在的行为能让自己感动？他还是以前那个傲视一切的男人。

青玉刚回到家就听到了响雷的声音，然后还有闪电，本来并不算很大的雨也越发的大了，窗外的世界完全变得模糊了。

青玉拿起手机，再次给葛歌打电话，可是葛歌已经关机了。

青玉颓然坐在沙发上，双手抱膝，觉得无比的孤独。她和葛歌明明约定好要白头到老的，她不明白葛歌突然之间是怎么了。她觉得害怕，如果葛歌在的话，她可以很轻易地忘却今晚的遭遇，可是葛歌不在。她没有可以抗拒那些回忆的力量，她被自己的回忆牵着鼻子走，然后在回忆中不断地痛着，快乐着。

青玉想到杜若说的话，她不断地问自己要怎么办，可是她给不了自己答案。

青玉靠着沙发，轻启嘴唇。

"宸少！"

是的，或许只有这样的夜，这样的时刻，在被回忆不断地冲击之后，青玉才不得不面对自己的内心。

在她最深的心底，她的那份爱从来没有改变过。

爱过，伤过，却无法否定爱的存在，这该是多少爱着的人的悲哀。

青玉让自己整个人陷在沙发里，呢喃着那个人的名字，心中百转千回。

雨没有停息，那颗被回忆解封的爱慢慢地回温。

深陷回忆之中的青玉直接就在沙发上睡着了，等她醒来的时候，门铃响了。她起身去开门，然后就看到了一束勿忘我放在门口，上面还有一张卡片。

"天辰集团！"

终于还是回到了原点吗？那个让她第一次为爱疯狂又为爱而伤的地方。青玉悲伤地发现自己竟然无法抗拒。

青玉给葛歌打了个电话，可还是没有人接，青玉心中很是失落，收拾了一下就出门了。

第四十八章　只是小小的阴谋

　　青玉按照卡片上说的去往天辰集团的大厦，可是在最后一个转角的时候她看到了有很多的人围在一幢楼前，青玉琢磨着这样子似乎是有人要跳楼，她也不是个爱看热闹的人，可是旁边有个人说是某个大集团的太子爷为情要自杀，青玉竟然一下子就想到了宸少，不过很快她就否定了自己的想法，那个人才不会为了什么感情的事儿自杀呢。

　　青玉准备离开，这才发现人群中有好些天辰集团的人，虽然过去了三年，可是好些人她还是认识的，她的心一下子凉了半截，自我安慰似的告诉自己一定不是宸少出事儿了。

　　青玉是这样安慰自己的，可是很快她就站不住了，问明白楼梯在哪儿之后，她就直接冲进了大厦里面。

　　青玉一时间非常担心，竟然忘记了乘电梯，一直往上爬了好多层才转到了电梯那里，乘电梯上了楼顶。

　　青玉告诉自己这次上来确认一下想要自杀的是不是宸少，然后她就看到了坐在屋顶栏杆上的人，不是宸少又会是谁。青玉觉得这就像是老套的故事情节一般，可是就算再老套的情节，真要从这里跳下去的话肯定是必死无疑，青玉清楚地明白此刻自己的心里有多么的紧张和担忧。她越想平静度日越是被宸少疯狂的举动打破平静。

　　"郝世宸，你知道你在做什么吗？"青玉带着训斥的语气喊道，她要喊醒这个大白痴。

　　宸少听到青玉的声音，转过头来，笑道："青玉，你来了，我还以为你不会来了呢，真的是太好了，在我临死之前还能够看到你！"

青玉觉得现在要疯掉的是她，她认识的宸少不会做出这样的事情，可是看着宸少一半在空中的身体，青玉说道："郝世宸，要我提醒你，你以前是个什么样的人吗？你这样的人怎么会做出这样的事情。我知道或许我曾经说过的话会让你难过，但是没有了我你一样能够好好地活着，难道你忘了你外公了吗？难道你还想要他白发人送黑发人吗？"

青玉因为着急，话说得很快，说到最后就快要喘不过气来了。宸少看着她一副紧张的样子，心里却是很高兴，他多想让青玉看看她自己现在的样子，看看她有多么担心他，只可惜他做不到。

"凌青玉，我知道你是因为怕我跳下去才会这么说的，不过，我已经很满足了，至于我外公，我也知道他会很伤心，可是死了的话也就什么都不知道了，就算他难过得随我而去我也不会知道，至于你，估计等我死了，你反而就轻松了。"

青玉此刻真想上前打他一巴掌，这都是说的什么话，这话要是让外公听了指不定会多生气，这家伙竟然还能说得出来。

"郝世宸，你这么做的话是一定会后悔的。"

"后悔？你都不爱我了，我为什么还会后悔？"

"反正你是一定会后悔的。"青玉倔强地重复着同一句话。

虽然青玉没说，可是宸少心里已经明白了，青玉想说的是她是爱他的。他心中明了，只是无法听到青玉亲口说，真的是非常的遗憾。他动了动身体，说道："凌青玉，既然都到这份儿上了，我求你一件事情，不管待会儿我跳下去之后发生什么，你都不要忘记把你想说的话告诉我。"

"我爱你！"

宸少想要动的身体停住了："你说什么？"

青玉泪眼婆娑，一点点地走向宸少："我爱你，我真的爱你，我曾经以为三年的时间能够让我把所有的爱变成恨，这样我就可以远离你，可是我没能做到，你再次出现在了我的面前，用你独特的方式出现在我的面前，你不知道我已经妥协了，只是我不愿意承认，我不愿辜负葛歌，可是我知道在我的心里我还是希望能够和你在一起。我求求你，不要跳下去！"

宸少听着青玉把话说完，青玉已经到了他跟前，她已经变成了泪人儿。就在这一刻，她似乎又变回了三年前那个因为被欺骗而伤心欲绝的小女人，他安慰她，保护她，成为她的依靠，而她则爱上了他。

不是每一个童话都有一个几近完美的开头，但是随着故事的发展，该有的幸福还是会——来到的。

青玉看着宸少，她确定宸少明白她的心，她伸出了手，手却落空了，宸少的身体"嗖"的掉了下去。她的心慢了一拍，随即抬起脚也想着跟随他一起跳下去，却被身后的警察拦住了。

青玉跌坐在地上，脑子里一片空白，她就这么眼睁睁地看着宸少掉下去了，她明明已经将她所有的心里话都告诉了他，他明明已经知道她的心在他的身上，为什么他还要跳下去，为什么？

泪水再次倾泻，青玉仍旧无法明白刚才发生的一切，她真的以为她又可以拥有和宸少的幸福了，可是为什么一眨眼的工夫就失去了。她真的妥协了，她不要他的忏悔了，她不要他的牺牲了，她只要他活过来，她可以忘掉所有的过往，只憧憬他们的未来。可是，他已经不能听到她的心声了。

"喂，我死了，你就这副德行啊！"

这熟悉的声音没有一丝的变化，青玉抬头，逆着光，那张熟悉的脸上依旧挂着孤傲的笑。青玉擦掉眼泪，起身，还没等宸少反应过来，就一巴掌打在了宸少的脸上。她想再打，被宸少抓住了手。

"够了，再打我的脸就没法看了！"

"说，是不是你设计好了让我上当的？"

宸少双手一摆："有吗，我的确是要跳楼呀，只不过身上绑着根绳子而已！"

他身上有绳子！青玉是因为太着急了竟然没注意到，她气愤地喊道："郝世宸，你就这点出息啊，就会使这样的手段！"

宸少一脸无辜地说道："我都说过了我会不择手段地让你重新回到我的身边，你应该早有准备了才是！"

这句话让青玉更气愤了，她准备要走，宸少立刻拦住了他，直接用自己身上的绳子将青玉也绕了进去，青玉一点挣脱的办法也没有，只能用眼睛瞪着宸少。

"你别这么瞪着我嘛，其实我是真的来救人。我们公司一个员工由于工作压力太大就想一死了之，我身上绑着绳子就是准备要救她的，不过我很厉害，三句两句就把她给说服了，她也就不跳楼了。她虽然不跳楼了，可是楼下还有那么多观众呢，我怎么能让他们失望呢，于是我就想到了这个办法，怎么会想到这么巧你也过来了，难道这不正是说明了我们非常的有缘吗？"

宸少一口气把话说完了，中间都不带停顿的，就好像青玉马上就要离开了，他一定要把话一下子说完。

看他说完话之后喘气的样子，青玉实在是忍不住，笑了一下。

"笑了就说明你原谅我了，以后你就还是我的。"

"我又不是物品，没有归属！"

"那我现在就确定你的归属！"说着，还没等青玉反应过来，宸少就将一枚戒指戴在了青玉的手指上，青玉整个人都傻了。

"你可别想摘下来，这可是三年前就买好的东西。"

三年前，在青玉离开之前，宸少已经准备好了两人结婚的所有事宜，只是他再怎么聪明也不会预想到后来发生的事情。

好在，最终他还是将这枚戒指戴在了青玉的手上。

"青玉，答应我，陪我一辈子！"

青玉叹气，怎么办呢？她再一次地被俘获了，这个人真的是她的冤家，就算是恨之，怨之，最终还是无法不为他而感动。

青玉点头，宸少一下子将她拥入怀中。

楼底下响起了掌声，什么情况都不知道的观众们直接就做出了表示。

宸少解释道："这可不是我安排的！"

"我知道！"

第四十九章 白头偕老，你可愿否？

雨天，咖啡厅，昏黄的灯光，灯光下坐着两人。

咖啡已经凉了，可是青玉和葛歌就这么面对面坐着，一点要喝咖啡的意思也没有。

青玉突然打破沉静："不喝就凉了，你不是不喜欢喝凉的东西吗？"

"那是因为你不能喝凉的！"

青玉低着头，不敢看葛歌。就在不久前她还告诉他，要和他白头偕老，如今她竟然选择了另一个人，远离了他。就算她和宸少的爱更深，对葛歌的伤害还是让青玉十分地愧疚和懊恼。

看着青玉又皱起了眉头，葛歌又一次地心疼了，他叹息，就算是时光流逝，青玉早已不再属于他，他也还是会为青玉一点点的忧伤而心疼。这就是爱，他非常肯定，只是他没能在一开始就确定青玉的心。等他确定青玉心中最爱的人不是他之后，他选择了放弃。他不是一个轻言放弃的人，但是他希望青玉幸福，这不是说他有多伟大，而是因为爱她的心占据了他所有的理性。

"如果在宸少之前我就遇到了你，或许我才是最后的赢家吧，可是人生没有或许，更何况我非常庆幸我是在你最潦倒的时候遇到了你。"

不管是什么时候，葛歌都是这样让青玉感动，青玉想，她人生中最大的幸事不是遇上了宸少，而是遇上了葛歌，葛歌是她人生中永远的阳光，但是以后她的人生中却只能爱宸少一个人。爱，原来真的是最自私的事情！

"对不起！"这个时候青玉真的不知道该用什么话表达她内心的煎熬，她只能使用这最俗套的三个字。

"情感和岁月不是纸，不是轻易就可以撕碎扔掉，不再去想的。你的心里有个人，一个就算你再恨也还是爱着的人。你说你曾经试图忘记他，我知道，可是你失败了，你没能彻底地忘记他，而我没有给你忘记我的机会，却也失去了得到你全部爱和人生的机会。"

青玉还想辩解，葛歌却一把将她抱住了："青玉，回去吧，回到你深爱的人身边，回到你最期盼的幸福中去吧，我知道你是爱我的，这就足够了。"

青玉回抱住葛歌，用尽自己的力气。

多么温柔的话语，多么痛的妥协，青玉哭了，她知道她的心和她的眼睛都在哭。她这一生何其幸运能够遇上葛歌，她爱宸少是盲目的，爱葛歌却是理性的，她多么希望自己在最纯真的年代爱上的那个人是葛歌，可是爱不由她。本是情深，奈何缘浅。

哭过之后，两个人同时离开了咖啡厅，然后朝着不同的方向走去。

一个向左，一个向右，漫画里的场景原来都是现实的真实写照，只是没有了回望时的目光相错。漫画里是爱着却错过，现实里却是爱过不得不错过。

街角，宸少不停地走来走去，看到青玉过来，连忙上前。两个人没说什么话，只是互相挽着，朝着家走去。

恍惚间是在那个微凉的夜，树荫下，她不知所往地等待，他俊朗无双，她温顺单纯，她说岁月静好，他则愿与她偕老。

兜兜转转，竟又回到最初的岁月，爱一个人，原来就是一个心的轮回！

两个月后的一天，天气微冷！

一架去往布达佩斯的飞机上走进来四个人，一下子就吸引了所有人的目光。很快就有人发现，其中的两个人分别是天辰集团的宸少和九歌集团的葛少。其中的一个女人是天辰的杜大小姐，还有一个女人，一头波浪长发，戴着眼镜，帽子压得很低，看不到容貌。

感觉到四周投来惊奇的目光，四人却是一点反应都没有，迅速地坐到自己的座位上，很快飞机就起飞了。

杜若打开音乐，开始享受。葛歌直接扯过一只耳机塞进自己耳朵里，杜若气愤地直接就给了他一脚。

"说好了出来就不打人的。"

"我说的是地上，现在是在飞机上。"

"我真的是要好好考虑一下，自己怎么会喜欢上臭脾气小姐呢？还是考虑下为好。"

"你再说一次试试……"说着，杜若的双手已经揪住了葛歌的耳朵。

就在他们的身后，青玉打开一本书，扉页上写着"一生一世一双人"。

"你什么时候开始喜欢看这种小说了，我倒是觉得我们的经历比这些故事的内容还要精彩。"

"你这是在强调你欺骗我，伤害我的事情吗？"

宸少讪讪地笑道："不敢！"

时光深处，岁月静好。

流年尽头，上善若水。